KB052462

Elevation

고도에서

Elevation
고도에서

Stephen King

스티븐 킹 소설 | 진서희 옮김

황금가지

목차

리처드 매드슨을 추모하며

1장

체중 감소

스콧 캐리가 콘도의 현관문을 두드리자 밥 엘리스가 그를 맞았다. 밥 엘리스는 5년 전에 퇴직했지만 하이랜드 에이커스 사람들 사이에서는 아직 '닥터 밥'으로 통했다.

"아이고, 스콧. 왔구면. 딱 10시 정각이야. 그래, 어쩐 일인가?"

배가 약간 불룩하게 나온 스콧은 맨발로 서면 키가 195센티미터에 달하는 거구의 남성이었다.

"저도 잘 모르겠어요. 아마도 별것 아니겠지만…… 문제가 있어서요. 큰 병이 아니면 좋겠는데, 혹시 심각한 건가

싶기도 하고."

"주치의한테는 말하고 싶지 않은 문제인가?"

엘리스는 일흔넷이었다. 은발이 된 머리는 숱이 점점 빠지고 있고 다리를 조금 절긴 해도 테니스장에 들어서면 그런 것쯤은 문제가 되지 않았다. 엘리스와 스콧은 테니스장에서 만나 친해졌다. 단짝까지는 아니더라도 친구라고 할 만한 관계였다.

"아, 주치의한테는 갔다 왔어요." 스콧이 말했다. "가서 정기검진도 받았고요. 진작 받았어야 했는데 늦은 거라 혈액 검사, 소변 검사, 전립선 검사까지 할 수 있는 검사는 다 했어요. 전부 다 확인해 봤죠. 콜레스테롤 수치가 좀 높긴 해도 정상 범위 안에 든대요. 난 혹시 당뇨병인가 싶어서 걱정했거든요. 웹엠디[1]에서도 당뇨병일 가능성이 제일 크다고 나와서."

옷에 관한 문제를 알게 되기 전까지는 그도 당뇨병인 줄만 알았다. 어떤 웹사이트에서도 옷과 관련한 그런 현상을 다룬 내용을 찾을 수가 없었다. 의학적인 면에서든 다른 면

---

1 미국의 건강 포털 사이트. 의사들의 치료 지침에 근거하여 작성된 체크 목록을 토대로 환자가 스스로의 건강 상태를 진찰하여 병증을 추정할 수 있다.

에서든 말이다. 모르긴 해도 당뇨병과 무관한 현상인 것만
은 확실했다.

엘리스는 스콧을 거실로 안내했다. 엘리스가 아내와 함
께 사는 외부인 출입 제한 주택지 '캐슬록'의 14번 그린이
커다란 거실 퇴창 밖에 펼쳐져 있었다.

닥터 밥은 이따금 골프도 쳤지만 대부분의 시간을 테니
스에 매진했다. 골프라면 그의 아내가 즐겨 치는 편이었다.
스콧은 엘리스 내외가 여기에서 사는 이유도 골프 때문이
라 생각했다. 겨울이 되면 부부는 이곳과 흡사하게 스포츠
위주로 개발된 플로리다에 가서 지냈다.

엘리스가 말했다.

"마이라를 찾는 거라면 감리교 여성 회합에 나갔어. 아
마 거기 갔지 싶어. 어쨌든 집사람이 나가는 마을 위원회
중 하나일 거야. 내일은 뉴잉글랜드 미생물학회에 참석하느
라 포틀랜드로 간다더군. 여편네가 달군 철판 위 암탉처럼
여간 바쁜 게 아니야. 외투 벗고 앉아. 무슨 일인지 말해
보게."

10월의 초입이었고 특별히 춥지 않은 날씨인데도 스콧은
노스페이스 파카를 입고 있었다. 그가 소파에 앉아 파카를
벗어 옆에 놓자 주머니에서 짤랑거리는 소리가 났다.

"커피 들겠나? 아니면 차를 줄까? 페이스트리 빵도 있는데 혹시……."

"체중이 줄어서요." 스콧이 불쑥 털어놓았다. "그게 마음에 걸려요. 좀 우스운 말 같지만. 근 10여 년간 욕실 체중계는 항상 피해 다녔어요. 올라갔다가 기분 좋게 내려온 적이 없으니까. 그런데 이젠 아침마다 체중계부터 올라가요."

엘리스가 고개를 끄덕였다.

"그렇구먼."

'본인이야 체중계를 꺼릴 이유가 전혀 없겠지.'

스콧은 속으로 자신의 할머니가 엘리스를 봤으면 '배부른 국수 가락'이라고 불렀으리라 생각했다. 치명적인 병이 잠복하고 있는 게 아니라면, 엘리스는 못해도 앞으로 20년은 더 살 사람이었다. 어쩌면 100세를 누릴 수도 있을 것이다.

"체중계 공포증은 나도 잘 알고 있네. 진찰하면서 늘 봤으니까. 그 반대도 마찬가지일세. 체중계 강박증이라고 하지. 대개 폭식증과 거식증 환자들이 보이는 증상이야. 자네는 전혀 그런 환자처럼 보이지 않네만."

엘리스는 마른 허벅지 사이로 두 손을 맞잡으며 상체를 앞으로 숙였다.

"이봐, 내가 은퇴한 건 알고 있잖아? 조언은 해 줄 수 있지만 처방은 못 해 주네. 게다가 어쩌면 자네 주치의를 다시 찾아가서 털어놓고 말하라는 게 내가 해 줄 수 있는 조언이 될 거야."

스콧은 미소를 지었다.

"주치의는 당장 병원에 입원해서 검사를 받으라고 할걸요. 지난달에 큰 프로젝트가 하나 들어왔는데, 백화점 체인점 홈페이지들을 연동하는 설계를 맡아서요. 자세하게 이야기할 것까진 없지만 알짜배기 작업이에요. 그 일을 따낸 것 자체가 굉장한 운이었어요. 직업상 크게 발전할 기회이고 캐슬록 밖으로 나가지 않고도 할 수 있는 일이니까요. 컴퓨터 시대의 묘미죠."

"하지만 병이 들면 일을 할 수 없지." 엘리스가 말했다. "자넨 똑똑한 사람이잖아, 스콧. 체중 감소가 당뇨병뿐만 아니라 암의 지표도 된다는 걸 알고 있을 거야. 여러 지표 중에서도 특히. 얼마나 줄었는데 그래?"

"13킬로그램요."

스콧은 창밖으로 눈을 돌려 파란 하늘 아래 펼쳐진 초록 잔디 위를 누비는 하얀 골프 카트들의 움직임을 주시했다. 하이랜드 에이커스 웹사이트에 사진을 찍어 올리면 멋질 광경이었다. 스콧이 만든 건 아니지만 웹사이트가 있긴 했던 것 같다. 요즘은 다들 그렇게 한다. 옥수수와 사과를 파는 길가 가판대도 홈페이지가 있다. 스콧은 그런 것보다는 더 큰 작업으로 진출했다.

"지금까지는요."

밥 엘리스는 여전히 의치 하나 없는 치아가 드러나도록 웃어 보였다.

"제법 빠졌군. 하지만 그 정도는 괜찮을 것 같은데. 테니스 코트에서 보면 자네는 큰 체격에 비해서 움직임이 아주 유연하거든. 시간 들여 헬스클럽에 가서 기구랑 씨름도 하잖아. 너무 체중이 많이 나가면 심장에 무리가 올 수도 있고 신체 전반적으로 부담을 주지. 자네도 잘 알 거야. 웹엠디에서 읽었을 테니까."

엘리스가 말끝에 눈동자를 굴리자 스콧이 슬며시 미소를 지었다.

"지금은 체중이 어떻게 되지?"

"맞혀 보세요."

스콧이 말했다.

밥이 소리 내어 웃었다.

"지금 농축산 박람회 퀴즈쇼라도 열린 건가? 큐피 인형 하나 딸 수 있겠군."

"환자를 한 35년쯤 진료했죠?"

"42년이지."

"그럼 겸손해할 것 없어요. 수천 명은 되는 환자들 체중을 수천 번은 재어 봤을 거면서."

스콧이 몸을 일으켜 세웠다. 커다란 체격의 그는 청바지와 플라넬 셔츠를 걸치고 닳아 해진 조지아 자이언츠 부츠를 신고 있었다. 웹 디자이너보다는 벌목꾼이나 카우보이에 더 어울릴 법한 모습이었다.

"몸무게부터 맞혀 봐요. 제 운명이 어떻게 될지는 그다음에 얘기하기로 하고."

닥터 밥의 전문가다운 눈빛이 195센티미터 장신의 스콧 캐리를 위아래로 훑었다. 부츠를 신은 탓에 198센티미터는 되어 보였다. 밥은 벨트 위로 불룩 나온 스콧의 배는 물론, 자신은 꺼리는 '레그 프레스'와 '핵 스쿼트' 등의 운동기구로 다져진, 스콧의 긴 허벅지 근육을 특히 유심히 살펴보았다.

"셔츠 단추를 풀어서 열어 보여 주게."

스콧이 시키는 대로 하자 가슴팍에 '메인 대학교 체육과'라고 쓴 회색 티셔츠가 모습을 드러냈다. 떡 벌어진 근육질의 가슴 위로 아는 체하는 젊은 애들이 곧잘 여성형 유방이라고 부르는 축적된 지방질이 발달해 있었다.

"내가 보기엔……."

엘리스는 이제 몸무게 맞히기에 흥미가 생겼는지 골똘히 생각하느라 말을 아꼈다.

"107킬로그램은 될 것 같아. 어쩌면 109킬로그램. 그러니까 체중이 줄기 전엔 대략 122킬로그램까지 나갔겠지. 테니스 코트에서는 정말 몸을 잘도 움직이더군. 그렇게 몸무게가 많이 나갈 거라고는 짐작도 못 했네."

스콧은 이달 초만 해도 마침내 체중계 위에 올라갈 용기가 생겨 너무나 행복했던 기억을 떠올렸다. 사실 아주 기뻤다. 그런데 그 이후로 꾸준하게 체중이 줄자 불안한 마음이 들었다. 불안하긴 해도 그냥 약간 걱정스러웠을 뿐이었다. 불안이 공포로 바뀐 건 옷 때문이었다. 이 옷 문제는 이상한 차원을 넘어 엄청나게 기괴했다. 그 정도 판단은 웹엠디의 도움 없이도 할 수 있었다.

창밖으로 골프 카트 한 대가 터덜터덜 지나갔다. 각각 분홍색 바지와 녹색 바지를 입은 중년의 남자들은 둘 다 과체중이었다. 스콧은 카트를 타는 대신 걸어서 라운드를 하는 편이 본인들에게 이롭겠다는 생각을 했다.

"스콧?" 닥터 밥이 말했다. "듣고 있어? 아니면 나 혼자 떠든 건가?"

"듣고 있어요." 스콧이 대답했다. "지난번에 같이 테니스를 쳤을 무렵에 109킬로그램 *나가긴* 했죠. 그때 결국 체중계에 올라갔기 때문에 알아요. 몇 킬로그램 정도 살을 빼야 할 순간이 왔다고 결심을 했거든요. 3세트째 뛰면 숨이 턱 끝까지 차올랐으니까요. 그런데 오늘 아침에 잰 몸무게는 96킬로그램이에요."

스콧이 파카가 놓여 있는 소파에 다시 앉자 또다시 짤랑거리는 소리가 들렸다.

"96킬로그램으로는 보이지 않는데. 스콧, 이런 말 해서 미안하지만 훨씬 더 많이 나갈 것 같아."

"그래도 건강해 보이죠?"

"그렇지."

"아픈 것 같지도 않고요."

"그럼, 자네를 보고 그런 생각은 안 하지. 어쨌든 그래도……."

"체중계 있어요? 있을 것 같은데, 같이 한번 재어 봐요."

닥터 밥은 잠시 스콧을 찬찬히 바라보았다. 어쩌면 그의 눈썹 위 너머에 있는 회색 물질[2]이 스콧의 진짜 문제일지도 모른다는 생각이 들었다. 경험으로 볼 때, 체중에 관해 신경과민적 반응을 보이는 이들은 대개 여성들이다. 하지만 남성들에게도 그런 사례를 볼 수 있었다.

"좋아. 그러지. 따라오게."

밥은 스콧을 데리고 책장이 들어찬 서재로 갔다. 한쪽 벽면에는 액자로 된 해부학 도표가 하나 걸려 있었고 다른 벽에는 면허증과 학위 증명서들이 한 줄로 늘어서 매달려 있었다. 스콧은 엘리스의 컴퓨터와 프린터 사이에 놓여 있는 문진을 빤히 쳐다보았다. 엘리스의 시선을 좇던 밥이 웃음을 터뜨렸다. 밥은 해골 모양의 문진을 집어 들더니 가볍게 던져 스콧에게 건넸다.

"뼈가 아니고 플라스틱이니까 떨어뜨릴 걱정은 안 해도 되네. 큰손자한테 받은 선물이야. 열세 살인데, 그 나이 땐 선물 고르는 센스가 없지. 이리로 와. 체중계를 봐야지."

방구석에는 크고 작은 두 개의 균형추가 달린 지지대처럼 생긴 체중계가 놓여 있었다. 철제 눈금자가 수평을 이룰 때까지 그 균형추의 위치를 움직이게끔 되어 있는 체중계였다. 엘리스가 체중계를 한번 쓰다듬었다.

---

2 뇌를 의미한다.

"시내에 있던 병원 문을 닫으면서 저 벽에 걸린 해부학 도표랑 이거 하나만 남겨 놓았지. 지금까지 나온 의료용 체중계 중에 제일 잘 만든 걸세. 여러 해 전에 집사람한테 선물로 받았어. *집사람*이 선물 고르는 센스가 없다거나 인색하다고 욕한 사람은 한 사람도 없었으니까 믿어도 좋아."

"정확하게 나와요?"

"11킬로그램짜리 밀가루 포대를 올려놓으면 눈금에 10킬로그램으로 나오지. 한나포드[3]에 가서 환불받을까 싶어. 실제 몸무게에 근접하게 재려면 부츠를 벗는 것이 좋겠네. 파카는 뭐 하러 들고 들어왔나?"

"보면 알아요."

스콧은 부츠를 벗는 대신 파카를 입었고 그에 맞추어 파카 주머니에서 다시금 짤랑거리는 소리가 났다. 지금보다 훨씬 추운 날씨에 걸맞을 외출복을 차려입은 스콧이 저울 위에 올라섰다.

"어디 해 보죠."

부츠와 파카의 무게를 감안해서 밥은 균형추를 113킬로그램을 가리키는 데까지 밀었다. 그런 다음 다시 반대 방향

---

3 메인주(州) 포틀랜드에서 영업 중인 슈퍼마켓 체인점.

으로 추를 움직였다. 처음에 많이 밀어낸 다음에는 계속해서 조금씩 추를 살살 건드리며 반대 방향으로 몰았다. 균형추의 바늘은 여전히 109, 또 104, 또 100에 머물렀다. 닥터 밥은 말도 안 된다고 생각했다. 파카와 부츠의 무게를 무시하고 스콧 캐리의 무게만 따져도 그보다는 더 나가 보이기 때문이었다. 자기가 예상한 환자의 몸무게에서 몇 킬로그램 차이가 나는 건 대수가 아니었다. 하지만 수많은 남녀 과체중 환자들을 잰 경력에 *이렇게* 큰 차이가 날 수는 없었다.

96킬로그램에 이르러 눈금자가 수평을 이루었다.

"무슨 이런 일이 다 있나." 닥터 밥이 말했다. "이 저울 교정 받아야겠어."

"그럴 필요 없을 것 같은데요."

스콧이 말했다.

그는 저울에서 내려와 양손을 파카 주머니에 넣었다. 주머니에서 각각 25센트 동전이 한 움큼씩 나왔다.

"몇 년 동안 골동품 침실용 요강에 이걸 모으고 있었어요. 노라가 떠난 무렵에 보니까 요강이 거의 꽉 찼죠. 그러면 주머니마다 금속이 2킬로그램씩 들어 있단 말이잖아요. 어쩌면 더 나갈지도 모르고."

엘리스는 아무 말도 하지 않았다. 영문을 알 수가 없었다.

"왜 아담스 선생님에게 안 가려고 하는지 이제 아시겠죠?"

스콧은 동전을 주머니에 도로 밀어 넣었다. 경쾌하게 짤랑거리는 소리가 났다.

엘리스가 입을 열었다.

"내가 제대로 이해했는지 확인 좀 해 보세. 집에서 잴 때도 이렇게 나온단 말이지?"

"따지면 그렇죠. 집에 있는 오제리사(社) 체중계가 이것보다 낫지는 않겠지만 시험해 봤는데 정확해요. 이제 잠자코 보세요. 스트립쇼 할 때는 약간 섹시한 음악이 깔려야 되는데, 우린 테니스 클럽 라커룸에서 같이 옷도 갈아입은 사이니까, 음악 없어도 할 수 있을 것 같네요."

스콧은 파카를 벗어 의자 등받이에 걸었다. 그리고 균형을 잡으려고 닥터 밥의 책상 위에 손을 번갈아 짚어 가며 부츠를 벗었다. 다음으로 플란넬 셔츠를 벗었다. 그는 벨트를 풀어 청바지를 벗더니 사각팬티와 티셔츠, 양말만 남긴 채로 제자리에 섰다.

"남은 것도 다 벗어 버릴 수 있지만," 스콧이 말했다. "이만큼만 벗어도 제가 하려는 말의 요점을 충분히 보여 줄 수 있을 것 같아요. 왜냐하면, 저는 이게 겁이 날 정도거든요. 옷 때문에 문제가 있어서요. 주치의 말고 그걸 입 밖에 내지 않을 친구 같은 사람한테 털어놓고 싶었던 이유가 이거 때문이었어요."

스콧은 바닥에 놓인 옷가지와 부츠, 주머니가 축 늘어진 파카를 손으로 가리켰다.

"다 합하면 무게가 얼마나 되겠어요?"

"동전까지 전부? 적어도 6킬로그램은 나가지. 어쩌면 8킬로그램도 되겠어. 무게를 재어 보려고?"

"아뇨."

스콧이 대답했다.

그는 다시 체중계 위로 올라섰다. 추에 손을 댈 필요가 없었다.

96킬로그램 그대로 눈금자의 수평이 맞았다.

* * *

스콧이 옷을 주워 입자 두 사람은 다시 거실로 향했다. 고작 아침 10시였지만 닥터 밥은 우드포드 리저브 버번 위스키를 한 잔씩 따랐다. 스콧은 마다하지 않고 단번에 잔을 비웠다. 배 속에서 타는 위스키의 불길이 위안이 되었다. 엘리스는 시음이라도 하는 양 새처럼 조심스럽게 두 모금을 마시더니 나머지를 단숨에 들이켰다.

"이건 불가능한 일이야."

엘리스가 빈 잔을 작은 테이블 위에 내려놓으며 말했다.

스콧이 고개를 끄덕였다.

"아담스 선생님한테 말하고 싶지 않은 두 번째 이유가 그거였죠."

"체내에 문제가 생긴 걸 테니까." 엘리스가 말했다. "뻔하지. 그리고 물론, 그 사람은 자네 몸에 무슨 일이 생겼는지 밝혀내려면 검사를 해야 한다고 고집했겠지."

스콧은 대놓고 말하지 않았지만 *고집했다*는 말은 너무 순화된 표현이라고 생각했다. 아담스 선생의 진료실에서 스콧의 머릿속에 떠오른 표현은 *구금한다*였다. 그 생각이 드는 순간, 스콧은 잠자코 있다가 은퇴한 의사 친구에게 말해야겠다고 결심했다.

"*겉보기엔* 109킬로그램 같아." 엘리스가 말했다. "자네가 느끼기에도 그런가?"

"그렇지도 않아요. 뭐랄까…… 진짜 109킬로그램 나갈 때는 *터벅대는* 느낌이 약간 들었어요. 그런 말은 실제로 없겠지만 그게 제가 할 수 있는 최선의 표현이네요."

"좋은 표현 같군." 엘리스가 말했다. "사전에 있든 없든 말이야."

"과체중만 문제가 아니었어요. 물론 몸무게가 많이 나간다는 건 알고 있었죠. 게다가 나이도 있고, 또……."

"이혼 말이지?"

엘리스가 최대한 의사다운 태도로 조심스럽게 물었다.

스콧이 한숨을 내쉬었다.

"그렇죠. 그것도 있었어요. 제 삶에 큰 영향을 미쳤죠. 이젠 나아졌어요. 저는 나아졌는데 그 문제는 아직도 그대로네요. 거짓말로 둘러댈 수 있는 게 아니잖아요. 하지만 신체적으로 안 좋다는 느낌은 한 번도 없었어요. 매주 세 번씩 헬스클럽에 운동하러 가고, 테니스 경기 때에도 3세트 전까지는 숨이 차지 않았으니까. 다만 좀…… 뭐랄까, 터벅댔어요. 이젠 안 그렇거든요. 그런 느낌이 들어도 전처럼 심하지는 않고."

"기운이 나나 보군."

스콧은 곰곰이 생각하더니 고개를 가로저었다.

"꼭 그런 건 아니에요. 그보다는 몸의 기운이 더 오래가는 느낌에 가까워요."

"무기력하지 않고? 피로도 없고?"

"없었어요."

"식욕 감퇴는?"

"양껏 잘만 먹었죠."

"한 가지만 더 물어보지. 양해해 주게. 내가 꼭 알아야겠
거든."

"물어봐요. 뭐든지."

"지금 장난하는 건 아니지, 응? 늙고 은퇴한 외과 의사
놀리는 거 아니지?"

"전혀 아니에요." 스콧이 대답했다. "비슷한 경우를 본 적
있나 굳이 물을 필요는 없겠네요. 그래도 혹시 이런 사례
에 대해서 읽어 본 적이라도 있어요?"

엘리스가 고개를 저었다.

"나도 자네와 마찬가지로 옷 문제가 머릿속을 계속 떠나
지를 않아. 주머니에 들어 있는 동전도 그렇고."

'같은 신세네.' 스콧은 생각했다.

"옷을 벗었는데도 옷 입을 때랑 똑같은 체중이 나가는
사람이 세상에 어디 있나. 중력처럼 기정사실인걸."

"이런 사례가 또 있는지 찾아볼 만한 의학 웹사이트 있
어요? 비슷한 경우라도 찾아볼 수 있는 곳은요?"

"찾아볼 수는 있어. 알아보겠네. 하지만 지금으로선 이런 사례는 없을 거라고 말해야 할 것 같아."

엘리스는 주저하며 말을 이었다.

"이건 내 임상 경험을 넘어서는 일일 뿐만 아니라 *인류가* 경험한 적이 없는 일이야. 세상에, 이건 불가능한 일이라고. 자네 체중계나 내 체중계가 정확하다는 건 의심의 여지가 없지. 만약 정말 그렇다면 말이야. 스콧, 대체 어떻게 된 거야? 원인이 뭘까? 자네…… 뭔가 방사능 같은 걸 쐬기라도 했어? 싸구려 해충 퇴치 스프레이라도 가득 들이마셨나? 생각을 좀 해 봐."

"생각이야 *해 봤죠*. 제가 아는 한 짚이는 일이 전혀 없어요. 그래도 한 가지는 확실하네요. 이렇게 털어놓으니까 기분이 훨씬 낫다는 거요. 그냥 잠자코 있는 것보다는 낫네요."

스콧은 자리에서 일어나 외투를 집어 들었다.

"어디 가려고?"

"집에요. 웹사이트 프로젝트가 있어서요. 중요한 일이에요. 사실 이제 예전만큼 중요해 보이지는 않지만."

엘리스는 현관까지 그를 배웅했다.

"몸무게가 일정하게 지속적으로 감소한다고 했지? 느리지만 꾸준히."

"맞아요. 매일 0.5킬로그램가량씩요."

"식사량과 상관없이?"

"네." 스콧이 대답했다. "그렇게 계속 체중이 줄면 어쩌죠?"

"그렇진 않을 거야."

"어째서 그걸 확신해요? 인류가 경험한 적 없는 일이라면서?"

닥터 밥은 그 질문에 대답하지 못했다.

"이 일은 혼자만 알고 있어야 해요, 밥."

"계속 경과를 알려 준다고 약속하면 그러지. 내가 신경이 쓰여서 말이야."

"그건 약속할 수 있죠."

둘은 현관 계단에 나란히 서서 날이 어떤지 살폈다. 좋았다. 단풍이 절정에 가까워지고 있었고 언덕마다 알록달록 물이 들었다.

"숭고함에서 우스꽝스러움으로[4] 변하네그려." 닥터 밥이 말했다. "자네 집으로 가는 길 위쪽에 사는 레스토랑 숙녀

---

4 숭고함과 우스꽝스러움은 종이 한 장 차이라는 뜻으로 그 둘의 속성은 종종 밀접한 관련이 있어 완전히 분리해서 볼 수 없다는 의미이다. 여기서는 짙었던 녹음이 요란한 단풍으로 순식간에 변해 버린 모습을 가리킨다.

분들하고는 어떤가? 거기랑 말썽이 있다고 들었는데."

스콧은 엘리스가 어디서 그런 소식을 들었는지 구태여 묻지도 않았다. 록은 작은 동네라서 소문이 돈다. 이 은퇴한 의사의 아내란 사람이 마을과 교회의 온갖 위원회를 다 꿰고 있으니 소문도 남보다 더 빨리 들었겠지 싶었다.

"매콤 씨와 도널드슨 씨를 숙녀분들이라고 부르다가 들키는 날엔 블랙리스트에 오를지도 모르니 조심해요. 지금 내 문제도 벅차서 그쪽은 안중에도 없네요."

* * *

한 시간 뒤에 스콧은 자기 집 서재에 앉아 있었다. 엄밀히 말해 윗동네라고 할 수 있는 캐슬뷰의 잘빠진 3층 건물이었다. 그동안 익숙했던 동네보다 비싼 곳이었지만 노라가 그 집을 원했고 그는 노라를 원했다. 그녀는 이제 애리조나에 살고 둘이 살 때도 너무 컸던 집에 그만 혼자 남았다. 참, 고양이도 있다. 노라는 스콧을 두고 떠나는 것보다 빌을 두고 떠나는 걸 더 힘들어했다. 스콧도 그걸 알고 있었다. 좀 짜증이 났지만 진실이란 건 종종 그랬다.

스콧의 컴퓨터 한가운데에 '혹스차일드콘 웹사이트 초안

4 자료'라는 큰 글씨가 떠 있었다. 혹스차일드콘은 스콧이 작업을 해 주고 있는 체인점이 아니라 거의 40년 가까이 폐업 중인 어느 체인점의 이름이다. 하지만 이번 일처럼 큰 규모의 작업을 할 때면 해커들을 조심해서 나쁠 건 없다. 그래서 가명을 쓴 것이다.

스콧이 더블클릭을 하자 구식 혹스차일드콘 백화점의 사진이 화면에 나타났다. 결국에는 스콧을 고용한 회사의 훨씬 더 현대적인 건물 사진으로 교체될 사진이었다. 사진 아래에 이렇게 쓰여 있었다.

당신은 영감만 주세요. 나머지는 우리가 맡겠습니다.

스콧이 실제로 이 프로젝트를 딸 수 있게 해 준 문구였다. 디자인 기술은 영감 및 기발한 슬로건 제작 능력과 별개지만 둘을 합하면 특별한 걸 만들 수 있다. 그는 특별했고 이번 일은 자신을 증명할 기회이므로 스콧은 최선을 다할 작정이다. 결국 광고 대행사와 함께 일하게 되리란 걸 스콧도 알고 있었다. 그쪽 사람들이 스콧의 문구와 삽화들에 어설프게 손을 대겠지만 슬로건은 온전히 남게 될 거라고 그는 생각했다. 스콧이 투입한 기본적인 아이디어도 대부분 남을 것이다. 뉴욕시의 내로라하는 사람들의 손아귀에서도 살아남을 튼실한 아이디어니까.

스콧은 다시 한 번 더블클릭을 했다. 거실 사진 하나가 화면에 떴다. 조명기구도 없이 텅 비어 있었다. 창밖으로 마이라 엘리스가 몇번이고 라운딩을 즐기는 하이랜드 에이커스 골프 코스의 잔디밭 한 켠이 보였다. 마이라의 포섬 매치[5]에 스콧의 전 부인 노라가 낀 적도 몇 번 있었다. 노라는 이제 애리조나 플래그스태프에서 아마도 골프를 치며 살고 있을 것이다.

고양이 빌 D.가 서재에 들어서며 나른하게 야옹 소리를 내더니 스콧의 다리에 몸을 비볐다.

"금방 밥 줄게."

스콧이 중얼거렸다.

"몇 분만 더 하고."

그는 마치 고양이가 특별히 '분'의 개념이나 일반적인 시간관념을 알고 있기라도 한 것처럼 말했다.

'나한테도 없는 개념을.' 스콧은 생각했다. '시간은 눈에 보이지 않아. 중량과 다르지. 아, 어쩌면 그건 참이 아닐지도 모르겠다. 중량을 느낄 수는 있으니까. 그렇지. 중량이 너무 많이 실리면 몸이 *터벅대게* 되잖아. 하지만 중량도 시

---

5 4인 1조로 한 개의 공을 가지고 번갈아 가며 벌이는 경기.

간처럼 기본적으로는 한낱 인간이 만든 생각 아닌가? 시계의 바늘, 욕실 체중계의 숫자. 그것들도 가시적인 영향력이 있는 비가시적 힘을 측량하려는 노력의 수단에 불과하지 않나? 미천한 우리 인간들이 실재라고 여기는 것을 초월한 보다 높은 실재를 손안에 넣어 보겠다고 애쓰는 미미한 노력 아닐까?'

"아서라. 그러다가 제풀에 미쳐 버릴라."

빌이 또 한 번 야옹하고 울었다. 스콧은 다시 컴퓨터 화면에 집중했다.

황량한 거실 위에 **스타일을 고르세요!**라는 문구가 들어간 검색창이 있었다. 스콧이 *초기 미국 양식*이라고 입력하자 결과가 화면에 나타났다. 한꺼번에 보이지 않고 느릿느릿 화면에 떠오르는 모습이, 마치 어느 쇼핑객이 신중하게 가구를 하나씩 골라 거실에 놓는 것처럼 보였다. 의자, 소파, 벽지 대신 스텐실 작업을 한 분홍색 벽, 세스 토머스사(社)의 시계, 안주인이 기워 만든 것 같은 바닥 깔개, 작고 아늑한 불꽃이 타는 난로, 목제 바큇살에 허리케인 램프[6]를 고정하도록 만든 천장 조명기구. 스콧의 취향에는 다소 과

---

6 바람에 불이 꺼지지 않도록 유리 등의 재료로 갓을 둘러 만든 램프.

했지만 그가 상대하는 영업직 사람들은 그런 것들을 사랑해 마지않았다. 잠재 고객들이 그런 걸 좋아할 거라고 장담했다.

방을 바꿔 응접실, 침실, 서재에 초기 미국 양식의 가구를 놓는 것도 가능하다. 아니면 검색창으로 가서 '콜로니얼', '개리슨', '크래프츠맨', 또는 '코티지' 양식의 가구를 불러와 가상현실 속 방을 꾸며도 된다. 하지만 오늘 할 일은 '퀸 앤' 양식이다. 스콧은 노트북을 열어 신중하게 전시할 가구를 고르기 시작했다.

45분 뒤, 빌이 한층 끈질기게 몸을 비비며 야옹거렸다.

"그래, 그래."

스콧이 대답하며 몸을 일으켰다. 그가 부엌으로 향하자 고양이 빌 D.가 꼬리를 치켜세우고 앞장섰다. 빌은 고양잇과의 용수철이 달린 다리로 통통 뛰듯이 걸었다. 스콧도 제법 경쾌한 기분이 들었다.

그는 빌의 그릇에 프리스키스 사료를 붓고 고양이가 식사하는 동안 현관 베란다로 나갔다. 셀비사(社)의 안락의자, 윈프리사(社)의 긴 소파, 하우츠사(社)의 키다리 서랍장 등, 스콧은 '퀸 앤' 양식의 다리가 달린 온갖 가구 곁으로 돌아가기에 앞서 신선한 공기를 마셨다. 그에겐 하나같이 장례식장에서 볼 수 있는 가구 같았다. 엄청나게 무거운데 억지로 가벼워 보이려고 애쓴달까. 하지만 취향이라는 건 사람마다 다른 법이다.

그는 마침 닥터 밥이 말한 '숙녀분들'이 자기네 진입로를 빠져나와 뷰드라이브 쪽으로 방향을 틀어 달리는 모습을 보게 되었다. 디어드리 매콤은 파란색, 미시 도널드슨은 빨간색의 자그마한 반바지를 입었는데 바지 밑으로 드러난 긴 다리에서 광채가 났다. 둘은 똑같은 티셔츠를 입고 있었다. 시내의 카빈가(街)에서 함께 운영하는 레스토랑의 홍보 티셔츠다. 거의 쌍둥이처럼 닮은 복서 두 마리가 두 사람의 뒤를 졸졸 따랐다. 덤과 디였다.

닥터 밥의 집을 나설 때 들은 이야기가 문득 떠올랐다. 아마 가벼운 수다로 스콧을 배웅하려는 의도에서 한 말에 불과하겠지만, 스콧과 레스토랑 숙녀분들 사이에 사소한 문제가 있다는 이야기였다. 문제가 있긴 했다. 쓰라린 인연의 문제도 아니고 불가사의한 체중 감소 문제도 아니었다. 그보다는 좀처럼 낫지 않는 입병 같은 문제였다. 늘 미묘하게 거만한 미소를 짓는 디어드리는 정말 사람의 심기를 불편하게 했다. 그 표정은 꼭 *주여, 제가 이 멍청이들을 인내할 수 있게 도우소서*라고 말하는 것 같았다.

스콧은 무슨 생각을 했는지 복도에 드러누운 빌을 민첩하게 뛰어넘어 급히 서재로 들어가 태블릿을 집어 들었다. 그리고 현관·베란다로 도로 달려가 카메라 앱을 켰다.

가림막이 설치된 그의 베란다는 밖에서 내부를 잘 볼 수 없었지만 여자들은 어쨌든 그에게 전혀 주의를 기울이지 않고 있었다. 그들은 뷰드라이브가(街)의 흙으로 포장된 갓길을 따라 달렸다. 여자들의 눈부시게 하얀 운동화가 가위질을 했고 말총머리는 경쾌하게 흔들렸다. 생긴 건 땅딸막하지만 아직 어리고 활력이 넘치는 개들도 두 사람의 뒤를 좇아 맹렬하게 달렸다.

스콧은 개들 문제로 여자들의 집에 찾아간 적이 두 번 있었다. 두 번 모두 디어드리와 얘기를 했다. 스콧은 '자기 개들은 그의 잔디밭에 일을 볼 리가 절대 없다'며 은근히 거만한 미소를 짓는 여자의 얼굴을 꾹 참아야만 했다.

자기네 뒷마당에는 울타리를 쳐 놓았고 매일 한 시간 남짓 외출할 때 보면 ("미시와 제가 매일 뛰러 나가면 디랑 덤이 항상 따라오거든요.") 개들이 *아주* 얌전하게 군다는 거였다.

"개들이 우리 고양이 냄새를 맡고 그러지 싶어요." 스콧이 말했다. "영역 다툼 같은 거죠. 전 이해해요. 두 분이 달릴 때 개 줄을 쓰지 않으려는 마음도 이해하고요. 하지만 집으로 돌아오는 길에 우리 잔디를 확인해 주면 고맙겠어요. 필요할 경우, 감시도 좀 해주시고요."

"감시라니."

디어드리는 한 치의 동요도 없는 미소를 짓고는 말했다.

"저한테만 그렇게 들리는지 몰라도 그렇게 말하니까 약간 군대식 같네요."

"좋으실 대로 다르게 부르셔도 돼요."

"캐리 씨. 말씀하신 것처럼 개들이 그 집 잔디에 일을 보는 수도 있겠죠. 하지만 *우리* 개들은 아니에요. 혹시 다른 이유로 신경이 쓰여서 이러시는 건가요? 동성 결혼에 대한 부정적인 선입견 때문은 아니겠죠, 맞나요?"

스콧은 하마터면 웃음을 터뜨릴 뻔했다. 그랬다간 트럼프식으로 두 집 간의 외교를 망쳐 버렸을 것이다.

"전혀 아니에요. 선입견이라면 저는 그 집 복서들이 두고 간 깜짝 선물을 밟는 데에 부정적인 선입견이 있다고 해야겠군요."

"말씀 즐거웠어요."

특유의 미소를 거두지 않은 채로 여자가 말했다. 스콧을 화나게 만들려고 지은 미소였지만 그가 화낼 정도는 아니라도 확실히 거슬리는 미소였다. 여자는 그의 면전에 대고 살며시 문을 밀어 굳게 닫았다.

스콧은 근래 들어 처음으로 불가사의한 체중 감소 문제를 까마득히 잊은 채, 두 여자가 자기 집 쪽으로 달려오는 모습을 지켜보았다. 개들이 두 사람의 뒤를 따라 용맹하게 질주했다. 디어드리와 미시는 달리면서 대화를 하다가 뭐가 재미있는지 웃음을 터뜨렸다. 상기된 두 사람의 뺨이 땀에 젖어 건강하게 빛났다. 매콤 씨가 더 잘 뛰는지 배우자를 위해 일부러 약간 속도를 늦추고 있었다. 한눈에 봐도 둘 다 개들에게 전혀 관심이 없어 보였다. 뷰드라이브가는 원체 교통량이 적은 도로였고 특히 한낮이 그랬다. 개들이 찻길로 들어가지 않고 말을 잘 듣는다는 점은 스콧도 납득할 수 있었다. 적어도 그런 면에서 훈련을 잘 받은 개들이었다.

'오늘은 별일 없겠네.'

스콧은 생각했다. 만반의 준비가 되었을 때는 절대 일이 벌어지지 않는다. 그래도 매콤 씨의 기이한 미소를 지워 버릴 수 있다면 기분이 좋을 텐데.

그런데 그 일이 벌어졌다. 복서 중 한 마리가 먼저 방향을 틀었고 다른 녀석이 뒤를 따라갔다. 디와 덤은 스콧의 잔디밭으로 달려오더니 나란히 쪼그리고 앉았다. 스콧은 태블릿을 들어 신속하게 사진을 세 장 찍었다.

* * *

그날 저녁, 까르보나라 스파게티와 초콜릿 케이크 한 조각으로 이른 저녁을 먹은 스콧은 오제리 체중계에 올라갔다. 최근 들어 매번 기대했듯이 부디 이번에는 이 일이 제대로 돌아가기를 바랐다. 하지만 그렇게 되지 않았다. 방금 음식을 한 상 차려 먹어 치웠건만 오제리 체중계는 그의 몸무게가 95.5킬로그램으로 줄었다고 알려 주었다.

빌이 뚜껑 닫힌 변기 위에 앉아 그를 쳐다보고 있었다. 꼬리가 다소곳이 말려 녀석의 네 발을 감쌌다.

"이거참."

스콧이 빌을 보며 말했다.

"그렇다니 어쩌겠어, 그치? 노라가 회의 하고 오는 날이면 이런 말을 했잖아. 인생은 우리가 만들어 간다. 기꺼이 받아들이는 것이 모든 일의 열쇠다."

빌이 하품을 했다.

"하지만 사람들도 바꿀 수 있는 건 바꾸잖아, 안 그래? 잘 지키고 있어. 난 가 볼 데가 있거든."

스콧은 아이패드를 들고 400미터 거리를 가볍게 뛰어갔다. 매콤과 도널드슨이 '홀리 프리홀' 레스토랑 개업 이후부터 8개월 남짓 살고 있는 개조한 농가였다. 그는 두 사람의 일과를 제법 잘 파악하고 있었다. 이웃집에 사람이 들고 나는 걸 파악하기란 대수롭지 않은 일이다. 디어드리가 혼자 있을 때를 노리려면 지금이 적기였다. 미시는 레스토랑의 주방장이라 대략 3시 무렵이면 저녁 식사를 준비하러 가고 없다. 두 사람 중 앞에 나서는 쪽을 맡는 디어드리는 5시쯤 레스토랑으로 간다. 스콧이 보기에 레스토랑 일과 집안일 모두 디어드리가 총괄하고 있는 것 같았다. 그가 미시 도널드슨에게 받은 인상은 세상에 두려움과 놀라움을 동시에 느끼는 귀여운 꼬마였다. 스콧은 놀라움보다 두려움이 더 많지 않을까 추측했다. 매콤은 스스로를 미시의 동반자이자 보호자라고 여기는 걸까? 어쩌면. 아마도 그렇겠지.

스콧은 계단을 올라가 현관 벨을 눌렀다. 벨 소리에 맞추어 디와 덤이 뒷마당에서 짖기 시작했다.

디어드리가 문을 열었다. 그녀는 몸에 꼭 맞는 예쁜 원피스를 입고 있었다. 카운터에 서 있거나 손님들에게 자리를 안내할 때 끝내주게 멋있어 보일 것이 분명했다. 디어드리는 눈이 제일 예뻤다. 초록빛이 도는 회색 눈과 약간 치켜 올라간 눈매가 매혹적이었다.

"어, 캐리 씨." 그녀가 말했다. "뵈니까 너무 반갑네요."

이어서 그녀는 '뵈니까 너무 *지겹네요.*'라고 말하는 듯한 예의 그 미소를 보냈다.

"안으로 들어오시라고 하고 싶은데 제가 레스토랑에 가 봐야해서요. 오늘 밤에 예약이 많아요. 아시다시피 단풍 나들이객들 때문에."

"가 보셔야죠." 스콧도 나름대로 미소 띤 얼굴로 말했다. "전 이것만 보여 드리려고 들렀어요."

스콧은 디어드리가 자신의 잔디밭에 쭈그려 나란히 똥을 싸고 있는 디와 덤의 모습을 볼 수 있도록 아이패드를 들 어 올렸다.

한참을 유심히 쳐다보던 그녀의 얼굴에서 미소가 사라지 고 있었다. 그 모습을 보고도 스콧은 기대했던 것만큼 기 쁘지 않았다.

"알겠어요."

마침내 디어드리가 입을 열었다. 그녀의 목소리에서 억지 로 꾸민 경쾌함이 빠져 있었다. 피곤한 것 같으면서도 나이 에 비해 원숙하게 들리는 목소리였다. 아마 서른쯤 되었을 것이다.

"당신이 이겼어요."

"이건 정말이지, 누가 이기고 말고의 문제가 아닌 것 같은데요."

그 말을 하는 순간 스콧은 누군가 *정말이지*라는 말을 쓰면 조심해야 한다던 대학 때 교수를 떠올렸다.

"당신 말이 맞다고요. 제가 지금 당장은 치울 수가 없어요. 미시도 벌써 일하러 갔으니까 영업 끝난 후에 제가 할게요. 현관등은 켜 놓지 마세요. 가로등 빛으로…… 그걸…… 찾을 수 있을 테니까."

"그럴 필요 없는데요."

스콧은 약간 너무했나 하는 생각이 들기 시작했다. 디어드리가 *당신이 이겼어요*라고 말한 것도 그렇고 어떻게든 잘못된 것 같았다.

"벌써 버렸어요. 전 단지……."

"뭐요? 삐기러 오셨어요? 그럼 임무 완수하셨네요. 이제부터는 미시랑 공원에서 달리도록 하죠. 우리 때문에 신고할 일은 없을 겁니다. 감사하고요, 잘 가세요."

디어드리가 문을 닫으려고 했다.

"잠깐만요." 스콧이 말했다. "제발 좀 있어 봐요."

그녀의 무표정한 얼굴이 반쯤 닫힌 문 사이로 스콧을 쳐다보았다.

"개가 똥 몇 번 쌌다고 동물 관리국 사람한테 갈 생각은 추호도 없었어요, 매콤 씨. 이봐요, 난 단지 서로 좋은 이웃으로 지냈으면 해요. 당신한테 무시당하니까 기분이 나빴을 뿐이에요. 진심으로 대하지 않으니까요. 이웃끼리 그러는 거 아니잖아요. 최소한 동네에서는 그러는 거 아니죠."

"아, 좋은 이웃이라는 사람들이 무슨 짓을 하는지 우리도 잘 알고 있어요." 그녀가 말했다. "여기 이 동네에서 말이에요."

디어드리는 다소 거만한 미소를 되찾은 얼굴로 문을 닫았다. 하지만 스콧은 문이 채 닫히기 전에 그녀의 눈에서 어쩌면 눈물일지도 모를 반짝임을 볼 수 있었다.

'이 동네에서 좋은 이웃들이 무슨 짓을 하는지 알고 있다고……'

스콧은 언덕을 내려가 집을 향해 걸으면서 생각에 잠겼다. '대관절 그게 무슨 뜻이지?'

* * *

이틀 후, 닥터 밥이 전화를 걸어와 그간 변동이 있었는지 물었다. 스콧은 전과 다름없이 진행 중이라고 대답했다. 스콧의 몸무게는 94킬로그램으로 줄었다.

"아주 끝내주게 꾸준해요. 욕실 체중계 위에 올라가면 자동차 주행 기록계에 숫자 줄어드는 걸 보는 기분이 든다니까요."

"그런데도 물리적 차원에서는 여전히 변화가 없다고? 허리 치수는? 셔츠가 크게 느껴진다든지?"

"아직도 허리는 40인치, 다리 길이는 86센티미터죠. 벨트를 조이거나 풀 일도 없어요. 먹는 건 벌목꾼 수준인데 말이죠. 아침에 계란, 베이컨, 그리고 소시지를 먹어요. 저녁에는 전부 소스를 뿌려서 먹고요. 매일 최소 3000킬로칼로리, 어쩌면 4000킬로칼로리는 될 텐데. 조사는 해 봤어요?"

"했지." 닥터 밥이 대답했다. "내가 해 줄 수 있는 말은, 같은 사례가 한 건도 없었다는 것뿐이야. 과도한 신진대사를 겪는 환자들에 관한 의학 논문은 많아. 자네 말처럼 벌목꾼처럼 먹는데도 마른 몸을 유지하는 사람들이지. 그런데 옷을 벗을 때와 입을 때 체중이 똑같이 나가는 경우는 없어."

"아, 그런데 제 경우는 몸무게가 다가 아니에요."

스콧은 이야기를 하면서 또 웃고 있었다.

요즘 들어 미소가 아주 헤퍼졌다. 상황을 고려해 보면 아마 제정신이 아닌 모양이었다. 그는 말기 암 환자처럼 몸무게가 줄고 있었다. 반면 프로젝트는 대성공이라고 할 정도로 잘되고 있었기 때문에 어느 때보다도 생기가 넘쳤다. 이따금 컴퓨터 화면에서 떨어져 쉴 때면 모타운[7] 음악을 틀어 놓고 방에서 춤을 췄다. 고양이 빌 D.는 그런 스콧을 미친 사람 보듯 빤히 쳐다보았다.

"자세히 말해 봐."

"오늘 아침에는 딱 94킬로그램이 나왔어요. 샤워 직후에 홀딱 벗은 채였어요. 옷장에 있던 9킬로그램짜리 아령을 손에 하나씩 들고 체중계에 올라갔죠. 그래도 94킬로그램이 나와요."

수화기 너머에서 잠시 침묵이 흐르더니 엘리스가 말했다.

"말도 안 되는 소리야."

"밥, 거짓말이면 제 목숨을 걸어요."

---

7 자동차 산업이 유명했던 디트로이트의 애칭 '모터 타운(Motor Town)'에서 딴 음반사 이름. 흑인 음악인 소울과 백인 음악인 팝을 접목한 스타일을 뜻한다.

다시 침묵이 흘렀다.

"꼭 자네 주변에 중량을 반하는 힘의 장(場)이라도 생긴 것 같아. 자네가 이리저리 들쑤시길 원치 않는 줄은 알지만 이건 완전히 새로운 현상이야. 엄청난 일이지. 우리가 상상하지도 못하는 의미가 있을 거야."

"괴물 취급 받고 싶지 않아요." 스콧이 말했다. "입장을 바꿔 생각해 봐요."

"고려해 보기라도 해 주겠나?"

"했어요. 그것도 많이요. 저는 《인사이드 뷰》[8]가 일궈 놓은 명예의 전당에 입성해서 '나이트 플라이어'[9]와 '슬렌더맨'[10] 사이에 제 얼굴을 넣고 싶은 마음은 없네요. 더군다나 저는 마쳐야 할 프로젝트가 있어요. 일을 맡을 때마다 노라한테 일정 몫을 약속했는데, 이 작업을 따기도 전에 이혼했으니 끝이라고 하면 그만이지만, 제가 돈을 주면 노라가 요긴하게 쓸 것 같아서요."

"얼마나 걸리겠어?"

---

[8] 스티븐 킹의 소설 속 세계관에 등장하는 미스터리나 살인사건에 대한 자극적인 기사를 주로 다루는 타블로이드 잡지.

[9] 스티븐 킹의 단편 「나이트 플라이어(*The Night Flier*)」에 등장하는 밤에 소규모 공항을 오가는 경비행기에 탄 승객과 승무원 들을 노려 잔인하게 살해하는 흡혈귀.

[10] 도시전설에서 비롯된 기형적으로 큰 키에 기다란 팔다리, 이목구비 없는 얼굴을 가진 상상의 괴물.

"대략 6주요. 물론 수정도 하고 시범 운영도 해야 하니까 새해까지 눈코 뜰 새 없는데, 6주면 중요한 작업은 끝나요."

"지금과 같은 속도로 계속 체중이 줄면 그때쯤엔 약 75킬로그램이 되겠어."

"그래도 여전히 기골이 장대한 사내처럼 보이겠죠." 스콧은 그렇게 말하고 웃음을 터뜨렸다. "그렇다니까요."

"자네한테 벌어지고 있는 일을 생각하면 놀랄 만큼 활기찬 목소리군."

"활기가 넘쳐요. 미친 소리 같지만 사실인걸요. 때로는 이거 세계 최고의 체중 감소 프로그램이 아닌가 싶어요."

"그렇긴 하지." 엘리스가 말했다. "그런데 언제 끝나는 거야?"

* * *

스콧이 닥터 밥과 전화 통화를 한 지 얼마 되지 않은 어느 날, 현관문을 가볍게 두드리는 소리가 났다. 그날은 라몬스[11] 음악을 틀었는데 볼륨이 조금만 더 컸으면 소리를

---

11 미국의 4인조 펑크 록 밴드.

전혀 못 듣고 손님을 그냥 보낼 뻔했다. 어쩌면 천만다행이었다. 스콧이 문을 열자 두려워 죽겠는 표정의 미시 도널드슨이 서 있었다. 디와 덤이 그의 집 잔디밭에서 용변을 보는 사진을 찍은 그날 이후로 그녀를 직접 본 건 처음이었다. 스콧은 디어드리가 약속을 지키느라 동네 공원에 가서 개 운동을 시키겠거니 했다. 거기에서 복서들을 자유롭게 뛰어다니게 내버려 두면 그땐 진짜 동물 관리국 직원과 충돌이 생길지 모른다. 개들을 얼마나 잘 훈련했는지는 전혀 상관이 없다. 공원에서는 목줄을 채우는 게 법이다. 그런 안내판은 스콧도 본 적이 있다.

"도널드슨 씨."

스콧이 먼저 인사를 건넸다.

"안녕하세요."

그녀와 단독으로 만난 건 이번이 처음이었기 때문에 스콧은 문턱을 넘거나 갑작스러운 행동을 하지 않도록 주의했다. 자칫 잘못하면 미시는 현관 계단을 뛰어 내려가 한 마리 사슴처럼 멀리 달아나 버릴 것 같았다. 금발의 미시는 그녀의 동반자만큼 예쁘지는 않았다. 그녀는 가녀리다는 점에서 스콧에게 어머니의 장식용 도자기 접시를 연상시켰다. 이런 여인이 이 냄비에서 저 냄비로, 이 프라이팬에

서 저 프라이팬으로 수증기를 뚫고 주방에서 몸을 놀린다
거나, 채식 저녁 식사를 접시에 담는 와중에도 주방 보조
한테 이래라저래라 지시하는 모습은 상상하기 어려웠다.

"무슨 일이죠? 들어오시겠어요? 커피가 있는데…… 원하
시면 차도 있고요."

스콧이 손님 환대를 미처 끝내기도 전에 그녀가 고개를
저었다. 어찌나 머리를 세차게 흔드는지 말총머리가 양어깨
를 번갈아 때렸다.

"사과드리려고 온 거예요. 디어드리 일로."

"그러실 것까진 없어요." 스콧이 말했다. "개들을 데리고
공원까지 멀리 다닐 필요도 없고요. 제 말은 배변 봉투 몇
개 챙겨 다니고 댁으로 돌아갈 때 저희 잔디 좀 확인해 달
라는 것뿐이에요. 그게 과한 부탁은 아니잖아요, 안 그래
요?"

"아니죠, 전혀 아니에요. 저도 디어드리한테 그러자고 했
어요. 그랬더니 사람을 거의 잡아먹을 듯이 굴지 뭐예요."

스콧이 한숨을 내쉬었다.

"그거참 유감이네요. 도널드슨 씨……."

"미시라고 부르세요. 괜찮으시다면."

그녀는 부적절하게 들릴 수 있는 말이라도 하는 것처럼

눈을 내리깔고 얼굴을 살짝 붉혔다.

"그럴게요. 저는 서로 좋은 이웃이 되자는 것뿐이에요. 아시다시피 여기 캐슬뷰 주민들 대다수가 그러길 바라잖아요. 아무래도 첫 단추가 잘못 끼워진 것 같은데, 제가 어떻게 했어야 좋은 첫인상을 남길 수 있었을지, 저도 모르겠네요."

시선을 아래로 떨군 채 미시가 말했다.

"저희가 여기서 지낸 지 거의 8개월이 다 되어 가는데 개들이 이 댁 잔디를 더럽혔을 때만 유일하게 말을 섞으셨잖아요."

대화는 스콧이 바라던 것보다 더 진지해졌다.

"이사 오신 후에 도넛 한 봉지 들고 찾아간 적이 있어요."

스콧의 목소리가 다소 누그러졌다.

"그런데 집에 안 계시더라고요."

스콧은 왜 다시 찾아오지 않았냐는 질문을 들을 줄 알았으나 미시는 그렇게 묻지 않았다.

"디어드리와의 일에 대해서 사과하러 오긴 했지만 그이 입장도 설명하고 싶었어요."

미시가 눈을 들어 스콧을 쳐다보았다. 청바지 허리께에 두 손을 모아 꼭 쥐고서 어떻게든 말을 꺼내려고 애쓰는 기색이 역력했다.

"그이가 캐리 씨한테 화난 줄 아시는데 아니에요. 전혀. 그게…… 그이가 화가 난 건 맞지만 모든 사람에게 화가 난 거죠. 캐슬록에 온 건 실수였어요. 여기 공사가 얼추 마무리될 무렵이었고 시세도 좋은 데다가 도시에서 벗어나고 싶었기 때문에 온 거였죠. 보스턴에 있었거든요. 위험부담이 있었지만 감수할 만해 보였어요. 동네도 너무 아름다웠고요. 뭐, 그 점은 동의하시잖아요."

스콧은 고개를 끄덕였다.

"아무래도 레스토랑을 잃게 될 것 같아요. 밸런타인데이 무렵까지 사정이 나아질 기미가 없으면, 가게를 잃게 되겠죠. 디어드리가 그 사람들한테 포스터를 허락한 것도 단지 그것 때문이에요. 상황이 얼마나 심각한지 저한테는 말 안 해요. 본인도 알고 있어요. 우리 둘 다 잘 알죠."

"단풍놀이 이야기를 하던데…… 다들 하는 말이 작년 여름에 유난히 좋았다고……."

"정말 좋았죠." 다소 활기찬 목소리로 그녀가 말했다.

"단풍놀이 덕분에 우리도 손님이 좀 있었어요. 그래도 대다수가 더 멀리 서쪽으로 뉴햄프셔까지 들어가죠. 노스콘웨이에 쇼핑 아울렛이며 전부 다 있어서 관광할 거리가 훨

썬 많으니까요. 겨울이 되면 스키족이 여길 지나서 베델이나 슈가로프까지 갈 테고……."

스키족들이 대개 록을 그냥 지나친다는 건 스콧도 안다. 2번 국도를 타고 메인주 서부 끝에 있는 스키장으로 향하기 때문이다. 하지만 그런 이야기까지 해서 이미 풀이 죽은 미시를 더 속상하게 만들 필요는 없었다.

"겨울만이라도 지역 주민들이 매상을 좀 끌어 주면 좋겠는데. 어떤지 잘 아시잖아요. 날이 추울 때는 동네 장사를 해야 하고 여름 손님들이 올 때까지 그걸로 아슬아슬하게 버텨요. 철물점, 목재 야적장, 팻시네 식당…… 다들 경기 안 좋은 몇 달간 그럭저럭 벌죠. 여기 사람들은 우리 레스토랑을 많이 이용하지 않아요. 좀 오기는 하는데 부족해요. 그이는 우리가 그냥 레즈비언이 아니라 결혼한 레즈비언이기 때문에 그런 거라고 하더군요. 저는 그이 말이 틀렸길 바라지만…… 역시 그렇구나 싶어요."

"그건 명백히……."

스콧은 말끝을 흐렸다.

'사실이 아니라고 말하게? 생각조차 해 본 적도 없는 일을 무슨 수로 판단하겠다고?'

"명백히 뭐요?"

그녀가 물었다. 따져 묻는 어조가 아니라 정말 궁금해서 묻는 거였다.

스콧은 어느덧 다시 목욕탕 체중계를, 가차 없이 줄어드는 숫자를 머릿속에 떠올리고 있었다.

"사실, 제가 뭘 명백히 알겠어요? 그게 사실이라면 유감스럽네요."

"언제 한번 저녁 드시러 가게에 오세요."

미시가 말했다. 그가 '홀리 프리홀'에 밥 먹으러 올 사람이 아니라는 걸 알고 있음을 돌려 말했을지도 모르지만 스콧은 그렇게 생각하지 않았다. 그는 눈앞에 있는 젊은 여성에게 그처럼 남을 비난하는 기질은 없을 거라고 봤다.

"그럴게요." 그가 대답했다. "메뉴에 프리홀레스[12]도 있겠죠?"

미시가 미소를 지었다. 그녀의 얼굴이 밝아졌다.

"아, 네. 종류도 다양해요."

스콧도 미소로 화답했다.

"괜히 바보 같은 질문을 했네요."

"이제 가 봐야겠어요. 캐리 씨……."

---

12 강낭콩의 일종인 프리홀을 익혀 만드는 남미 요리.

"스콧이라고 불러요."

미시가 고개를 끄덕였다.

"그럴게요, 스콧. 이야기 감사했어요. 있는 대로 용기를 끌어모아 왔는데, 그러길 잘한 것 같아요."

스콧은 그녀와 손을 맞잡고 악수를 했다.

"한 가지만 부탁할게요. 혹시 디어드리를 만나거든 제가 왔더란 말은 하지 말아주시면 좋겠어요."

"그럽시다." 스콧이 대답했다.

* * *

미시 도널드슨이 찾아온 다음 날, 팻시네 식당의 카운터 테이블에 앉아 점심을 해결하고 있던 스콧은 그가 등지고 있는 좌석 테이블 쪽에서 누군가 '그 조개나 빌어먹을 레스토랑'이 어쩌고 하는 소리를 들었다. 곧이어 웃음소리가 들렸다. 스콧은 반쯤 먹다 만 사과 파이와 가장자리가 녹아내린 바닐라 아이스크림 한 덩이를 바라보았다. 팻시가 갖다줄 때만 해도 맛있어 보였는데 지금은 먹고 싶은 생각이 싹 가셨다.

대체로 남들의 수다가 들리면 자신에게 중요치 않으니까

홀려든는 것처럼, 그도 전에는 저런 발언을 그냥 걸러 듣고 있었던 걸까? 스콧은 그렇게 생각하고 싶지 않았지만 그럴 법한 생각이었다.

미시는 아무래도 레스토랑을 잃게 생겼다고 말했다. 버텨 내려면 지역 사람들에게 의지해야 한다고. 그녀는 '홀리 프리홀' 창문에 이미 '매매 및 임대' 표시를 붙이기라도 한 것처럼 조건부 시제를 썼다.

스콧은 후식 접시 밑에 팁을 남기고 자리에서 일어나 계산을 했다.

"파이도 남겼네?"

팻시가 물었다.

"식탐을 부렸나 봐요, 배보다 눈이 컸던 모양인지."

사실이 아니었지만 스콧은 그렇게 대답했다. 그의 위장과 눈 크기는 이전과 다를 게 없었다. 다만 무게가 덜 나갈 뿐이었다. 놀랍게도 스콧은 더는 신경 쓰이지 않았다. 심지어 그다지 걱정도 안 했다. 특이한 일일지 모르겠으나 그의 머릿속에서 꾸준히 체중이 감소한다는 생각이 완전히 잊힐 때가 있었다. 디와 덤이 잔디에 쪼그려 앉은 사진을 찍겠다고 기다릴 때 그랬다. 또 방금 막 그런 일이 일어났다. 조개나 빌어먹는다는 농담이 신경 쓰이던 그 순간이었다.

그 농담은 작업복을 입은 우람한 네 명의 사내들이 앉은 좌석 테이블 쪽에서 들려온 것이었다. 안전모가 열을 지어 창턱에 나란히 놓여 있었다. 사내들이 입은 주황색 조끼에 날염된 'CRPW'라는 글씨가 보였다. '캐슬록 공공사업'의 약자였다.

스콧은 그들 곁을 지나 식당 현관으로 걸어가서 문을 열었다. 그러다 생각이 바뀌어 도로 작업부들의 테이블로 갔다. 둘은 안면이 있었다. 그중 한 명, 로니 브리그스와는 전에 포커를 같이 친 적이 있었다. 자신과 마찬가지로 동네 사람이고 이웃이었다.

"있죠, 그런 고약한 말은 입에 담는 거 아니에요."

로니가 어리둥절해서 고개를 들더니 스콧을 알아보고 씨익 웃었다.

"어이, 스코티. 잘 지내나?"

스콧은 그의 인사를 무시했다.

"그 사람들 우리 골목 바로 위쪽에 살아요. 괜찮은 사람들이에요."

뭐, 미시는 그랬다. 매콤에 대해서는 그도 아직 확신이 없었지만.

다른 사내 하나가 떡 벌어진 가슴 위로 팔짱을 끼고 스콧을 빤히 쳐다보았다.

"우리가 당신한테 같이 얘기하자고 했어?"

"아니, 그건 아니지만······."

"아니지. 그러니 가 봐."

"······그건 아니지만 어쩔 수 없이 듣잖아요."

팻시네 식당은 규모가 작아서 점심시간에는 늘 붐볐고 사방에서 사람들의 말소리가 들렸다. 지금은 말소리도 접시를 긁는 포크 소리도 멎어 있었다. 사람들이 고개를 돌려 주시했다. 팻시는 계산대 옆에 서서 문제가 생길까 봐 경계를 하고 있었다.

"이봐, 다시 말하지만 얼른 가 보라고. 우리가 뭐라고 하든 말든 당신이 무슨 상관이야."

로니가 급히 자리에서 일어났다.

"어이, 스코티. 내가 배웅해 줄까?"

"괜찮아." 스콧이 말했다. "혼자서 나갈 수 있어. 그 전에 이 말부터 해야겠네. 식당에 먹으러 가면 당신 용건은 음식인 거야. 음식은 얼마든지 비난해도 돼. 그 사람들이 남은 생을 어쩌고 사는지는 당신이 참견할 일이 *아니라고*. 알겠어?"

아까 스콧에게 같이 얘기하자고 했냐고 묻던 사내가 팔

짱을 풀더니 자리에서 일어섰다. 스콧만큼 키가 크지는 않았지만 더 젊고 근육질이었다. 굵직한 목에서부터 뺨까지 피부가 벌겋게 달아올라 있었다.

"그 말 많은 주둥이 주먹으로 맞기 전에 여기서 나가는 게 좋을 거야."

"이제 그만둬. 그만두라고." 팻시가 날카로운 목소리로 끼어들었다. "스코티, 가는 게 좋겠어."

그는 순순히 식당을 나와서 차가운 10월의 공기로 심호흡을 했다. 뒤에서 창문을 두드리는 소리가 났다. 스콧이 돌아보니 황소 모가지 사내가 밖을 내다보고 있었다. 사내는 손가락을 들어 올려 *잠깐 기다려*라는 말을 대신했다. 팻시의 식당 창문에는 온갖 포스터들이 붙어 있었다. 황소 모가지가 포스터 한 장을 떼더니 식당 현관으로 걸어와 문을 열었다.

스콧은 두 주먹을 움켜쥐었다. 주먹다짐은 초등학교 이후로 처음이었다. 당시 15초 만에 끝난 싸움에서 그는 주먹을 여섯 번 휘둘렀는데 네 번은 완전히 빗나간 헛주먹질이었다. 그는 돌연 앞으로 벌어질 싸움이 기대되었다. 두 발이 가뿐했다. 몸은 만반의 준비가 된 셈이다. 분노가 아닌 행복과 긍정의 마음 상태였다.

'나비처럼 날아서, 벌처럼 쏜다.'라는 말을 떠올렸다.

어디 해보자, 덩치야.

하지만 황소 모가지는 싸우러 나온 것이 아니었다. 사내는 포스터를 구겨서 보도 위, 스콧의 발치로 던졌다.

"여기 네 여자 친구 받아." 황소 모가지가 말했다. "집에 가져가서 거기 대고 자위나 하지 그래? 강간이 아니면 그 여자랑 하는 방법은 그 수밖에 없을 거다."

사내는 식당에 도로 들어가 만족한 얼굴로 동료들과 합류했다. 그걸로 끝이었다. 식당에 있는 사람들이 하나같이 그를 쳐다보고 있다는 걸 깨닫고 스콧은 허리를 숙여 구겨진 포스터를 주웠다. 빤히 쳐다보는 시선이 싫어 무작정 멀리 걸어갔다. 모멸감이 든 건 아니었다. 록에 사는 사람들 절반이 점심 먹는 식당에서 문제를 일으키는 바보가 된 기분도 아니었다. 흥미를 보이는 사람들의 시선이 성가셨다. 정작 나서서 뭐든 의견을 말하는 사람은 한 명도 없다는 점에 스콧은 의구심이 들었다.

스콧은 공처럼 말린 종이를 폈다. 그러자 미시 도널드슨이 했던 말이 제일 먼저 머릿속에 떠올랐다.

디어드리가 그 사람들한테 포스터를 허락한 것도 단지 그것 때문이에요.

'그 사람들'이란 '캐슬록 터키 트롯[13] 위원회'였던 모양이다.

포스터 한가운데에 디어드리 매콤의 사진이 있었는데 다른 참가자들의 사진도 함께 들어갔지만 거의 다 그녀 뒤에 가려져 있었다. 디어드리의 짧은 파란색 반바지에는 허리춤에 커다란 숫자가 핀으로 고정되어 있었다.

상의는 '2011년 뉴욕시 마라톤'이라고 쓰여 있는 티셔츠였다. 디어드리는 스콧이 그녀를 생각할 때 좀처럼 떠올리기 어려운 표정을 짓고 있었다. 환희에 찬 행복의 표정이었다. 사진에 붙은 설명은 이러했다.

디어드리 매콤. 캐슬록의 최신 고급 식당 '홀리 프리홀'의 공동 경영자. 디어드리 매콤이 뉴욕주 마라톤의 결승선에 들어서고 있다. 여자부 경기에서 4위 통과! 그녀는 올해 캐슬록 12K, 터키 트롯에 출전할 거라고 한다. *여러분도 함께하실 거죠?*

아래에는 세부 사항이 나와 있었다.

캐슬록의 연례 추수감사절 경주는 추수감사절 이후 금요일에 열린

---

13 미국에서 추수감사절을 기념하여 열리는 달리기 대회.

다. 캐슬뷰에 있는 레크리에이션 센터에서 시작해 시내에 있는 틴 대교에서 끝나는 코스다. 모든 연령 환영, 성인 참가비의 경우 지역 주민은 5달러, 외지인은 7달러. 15세 이하 아동은 2달러. 등록은 캐슬록 레크리에이션 센터.

러너스 하이[14]의 환희에 찬 디어드리의 얼굴을 본 스콧은 '홀리 프리홀'의 수명에 관한 미시의 예상이 과장이 아님을 알 수 있었다. 결코 아니었다. 디어드리 매콤은 당당한 여성이다. 자기 존중감도 높고 민첩했다. 스콧이 생각하기에 그녀는 기분 상하는 데에도 너무 민첩하지 않았나 싶었다. 자기 사진을 이런 식으로 쓰게 내버려 둔 것은 어쩌면 '캐슬록의 최신 고급 식당'이라는 문구 하나 때문이었을 것이다. 간절한 마지막 시도가 틀림없었다.

뭐든지, 뭐라도 괜찮았겠지. 몇 명이라도 더 온다면 카운터 옆에 서 있는 자신의 긴 다리에 대고 감탄한다 해도 좋았을 것이다.

스콧은 포스터를 접어서 청바지 뒷주머니에 넣고 쇼윈도를 쳐다보면서 메인가를 따라 천천히 걸었다. 가게마다 갖

---

14 운동을 통해 유발된 신체적 스트레스로 인해 발생하는 행복감을 가리킨다.

가지 포스터가 붙어 있었다. 빈 서퍼[15] 홍보 포스터, 옥스퍼드 플레인 스피드웨이[16] 주차장의 대규모 알뜰시장 안내 포스터, 가톨릭교회에서 주최하는 비노[17] 게임 포스터, 소방서에서 열리는 포트럭 디너[18] 포스터까지.

스콧은 캐슬록 컴퓨터 대리점의 쇼윈도에서 터키 트롯 포스터를 찾았다. 하지만 메인가 끝, 자그마한 건물의 '북눅' 서점까지 걸어가는 동안 어디에서도 그 포스터를 보지 못했다.

그는 서점으로 들어가 조금 둘러보다가 할인 코너에 있는 『뉴잉글랜드 설비와 가구』라는 사진집을 한 권 집어 들었다. 1단계 작업이 거의 마무리라 작업에 도움이 될 만한 내용은 없겠지만 알 수 없는 일이니까. 서점의 주인이자 유일한 직원인 마이크 바달라멘테에게 책값을 치르던 스콧은 쇼윈도에 붙은 디어드리의 포스터를 발견했다. 그는 포스터에 있는 사람이 자신의 이웃이라며 마이크에게 말을 붙

---

15 청교도들이 삶은 콩 요리와 흑빵을 준비해 안식일에 교회에서 나누어 먹은 데에서 유래. 오늘날 지역 단체나 교회, 소방서 등에서 저렴한 가격에 친환경적인 현지식을 제공함으로써 복지 기금을 모으거나 지역 주민의 친목을 도모하는 행사.

16 메인주 옥스퍼드에 있는 자동차 경기장.

17 미국에서는 빙고 게임을 비노라고 부르기도 한다.

18 만든 음식을 가지고 모여 나누어 먹는 포트럭 파티 형태의 저녁 식사.

였다.

"맞아, 디어드리 매콤. 거의 10년이나 육상 스타 자리를 지켰잖아."

마이크가 책을 담아 주며 말했다.

"발목만 안 다쳤으면 2012년 올림픽에 출전했을 텐데. 운도 없지. 2016년에는 심사도 못 받았고. 그럴 만도 해. 이제 주요 대회에서는 은퇴한 모양이야. 올해는 나도 매콤과 같이 뛸 생각에 기대하고 있지."

마이크가 씩 미소를 지었다.

"내가 그 여자 옆에서 계속 뛴다는 건 아니지만. 일단 신호탄이 울리면, 그 여자가 대회를 석권할 거야."

"성별에 상관없이?"

마이크가 웃음을 터뜨렸다.

"이 친구야, 사람들이 괜히 몰든 플래시[19]라고 불렀겠어? 몰든이 그 사람 고향이야."

"내가 봤더니 팻시네 식당에 포스터가 하나 있고 컴퓨터 대리점에 하나, 그리고 여기 쇼윈도에 하나가 있는데 다른 곳에는 안 보여. 어째서 그런 거야?"

---

19 보스턴 부근의 도시 몰든과 빛처럼 빠르다는 뜻인 플래시를 합성했다.

마이크의 얼굴에서 웃음기가 사라졌다.

"뭐 예쁘다고 붙여 놓겠어. 그 여자가 레즈비언이거든. 혼자만 알고 있었으면 좀 좋아. 남들 모르게 하면야 뭘 하든 누가 신경 쓴다고. 그런데 스스로 프리홀 요리사가 아내라고 밝혔어야 했던 거지. 요 근방에선 그걸 '너희들 따위 알게 뭐야.'라는 뜻으로 받아들인 사람들이 많아."

"그래서 장사하는 사람들이 포스터를 안 붙이는 거야? 참가비가 모이면 레크리에이션 센터에 이득인데? 단지 그 여자가 포스터에 들어갔다는 이유 하나 때문에?"

황소 모가지가 식당에 있던 포스터를 스콧에게 던진 이후로, 그는 정말 몰라서 그런 질문을 하는 게 아니었다. 그건 머릿속에 확실히 새겨 두려는 나름의 방법이었다. 어떤 면에서 스콧은 열 살 때의 기분을 느끼고 있었다. 가장 친한 친구의 형이 자기보다 어린 애들을 앉혀 놓고 알려 주던 삶의 진실을 들었을 때의 기분을 말이다. 그때와 마찬가지로 지금 스콧은 전체개념을 막연하게 파악하고 있으나 자세한 부분에 대해서는 여전히 신기해하는 수준이었다.

사람들이 그런 짓을 했다고? 그래, 그랬구나. 보아하니 또 이런 짓도 했네.

"위원회에서 포스터를 새로운 걸로 바꿀 거야." 마이크가 말했다. "내가 마침 위원회 소속이라 알거든. 코플린 시장이 아이디어를 냈어. 더스티 코플린 알지? 타협의 왕이잖아. 칠면조 떼가 메인가를 달리고 있는 포스터래. 나는 마음에 안 들어서 반대라고 투표를 했는데, 일리는 있지. 의회에서 레크리에이션 센터에 내려오는 돈이 *2000달러*인데 너무 적어. 우리가 하는 각종 사업은 고사하고 경기장 유지 보수만 해도 턱없이 부족해. 터키 트롯은 거의 *5000달러까지* 벌 수 있는 사업이거든, 다들 말을 퍼뜨리지 않고는 못 견뎌서 이렇게 된 거지만, 나 원."

"그러니까…… 레즈비언이라는 이유 하나 때문에……."

"*결혼까지 한* 레즈비언이지. 그건 절대 타협 안 되는 사람들이 정말 많아. 스콧, 캐슬 카운티가 어떤 동네인 줄 알면서 그래. 여기서 산 지 얼마야, 25년 아닌가?"

"30년 넘었지."

"거봐, 게다가 확고한 공화당 지지자잖아. *보수적인 공화당원.* 이 카운티도 2016년에 3 대 1의 비율로 트럼프 편을 들어 줬고 사람들은 우리 돌대가리 주지사가 물 위를 걷는 신이라도 되는 줄 알지. 그 여자들이 정체를 숨기고 살았으면 괜찮았을 거야. 그런데 안 그랬잖아. 사람들이 이젠 둘이서 성명서라도 내려고 한다고 생각하거든. 난 두 사람이

이 동네의 정치 풍토에 대해서 무지했던 게 아니라면 순전히 멍청했던 거라고 생각해."

마이크가 잠시 말을 멈췄다.

"그래도 음식은 맛있더라고. 가 본 적 있어?"

"아니 아직." 스콧이 말했다. "한번 가 보려고."

"뭐, 서두르는 게 좋을 거야."

마이크가 말을 덧붙였다.

"내년 이맘땐 그 자리에 아이스크림 가게나 들어서게 생겼으니까."

2장
홀리 프리홀

집으로 가려던 스콧은 새로 산 책도 넘겨 보고 사진도 살펴보려고 마을 공원으로 향했다. 이번에는 메인가의 반대편 보도를 따라 거닐었는데 생각해 보니 뜨개질 용품을 파는 가게에서 디어드리의 포스터를 한 번 더 본 것 같았다. 거기 말고는 하나도 보이지 않았다.

마이크는 두 *사람*이니 그 *여자*들이니 들먹였지만 스콧은 그 표현이 석연치 않았다. 이 사태는 순전히 매콤 때문이었다. 그녀는 대담한 역할을 도맡아 하는 동업자였다. 미시 도널드슨이라면 기꺼이 두 사람의 관계를 계속 비밀로 유지했을 것이다. 미시는 남한테 껄끄러운 말을 하는 걸 너무나도 힘들어하는 사람이다.

'그런데도 날 찾아오다니……'

스콧은 새삼 그런 생각이 들었다. 게다가 말도 제법 잘했다. 근성이 있었다.

물론, 그녀의 그런 점이 그는 마음에 들었다.

공원 벤치 위에 『뉴잉글랜드 설비와 가구』를 올려놓고 야외무대의 계단을 가볍게 오르내렸다. 운동을 하고 싶은 게 아니라 몸을 움직이고 싶었다. 그는 바지에 개미라도 들어간 사람처럼 펄쩍거렸다. 무릎이 가뿐한 건 말할 것도 없었다. 계단을 오른다기보다 계단 위로 스프링처럼 튀는 편에 가까웠다. 그렇게 대여섯 번을 하고 나서야 벤치로 돌아갔다. 신기할 정도로 호흡이 안정적이었고 맥박은 아주 약간 빠르게 뛰었다.

스콧은 휴대폰을 꺼내 닥터 밥에게 전화를 걸었다. 엘리스는 다짜고짜 스콧의 몸무게부터 물었다.

"오늘 아침에 재서 93킬로그램요." 스콧이 대답했다. "엘리스, 혹시……"

"그럼 계속 감소하는 거네. 정말 진지하게 파헤쳐 볼 생각은 없나? 계산했을 때 약 16킬로그램이 빠졌다면 이건

심각한 일이야. 매사추세츠 종합병원에 연줄이 있는데 온
갖 검사를 다 해도 돈을 안 받을 거야. 오히려 거기서 자네
한테 돈을 줄지도 몰라."

"밥, 전 이대로 좋아요. 사실 좋은 것 이상이에요. 혹시
'홀리 프리홀'에 가서 식사하신 적 있나 싶어서 전화했어요."

엘리스는 바뀐 화제를 이해하느라 잠시 시간이 걸렸다.
마침내 그가 말했다.

"자네 레즈비언 이웃이 한다는 가게? 아니, 아직 안 가
봤지."

스콧은 인상을 찌푸렸다.

"저기, 성적 지향성이 그 사람들의 전부는 아닌 것 같은
데요. 뭐라는 게 아니라 그냥 그렇다고요."

"이봐, 진정해." 엘리스가 다소 놀란 목소리로 말했다. "자
네가 민감하게 여기는 얘기를 꺼낼 생각은 아니었어."

"괜찮아요. 단지…… 점심때 팻시네 식당에서 일이 좀 있
었거든요."

"무슨 일?"

"말다툼을 좀 했어요. 그 두 사람에 관해서요. 별일 아니
에요. 있죠, 밥. 같이 외출하실래요? '홀리 프리홀'에서 저
녁 식사요. 제가 낼게요."

"언제 말이야?"

"오늘 저녁은 어떤데요?"

"오늘은 안 되네. 금요일엔 가능해. 마이라가 맨체스터에 있는 처제랑 주말을 보낸다는데 난 요리라면 젬병이라."

"그럼 데이트네요."[20]

스콧이 말했다.

"남남 데이트지." 엘리스가 맞장구를 쳤다. "다음번엔 자네가 나한테 청혼하게 될 걸세."

"그럼 중혼이시잖아요." 스콧이 말했다. "유혹에 빠지지 않도록 제가 인도해 드리죠. 저 대신 예약만 좀 해 주세요."

"아직도 티격태격인가?"

재미있다는 듯 엘리스가 물었다.

"그냥 그러려니 사정 좀 봐주시면 얼마나 좋아요? 아니면 브리지튼에 있는 괜찮은 이탈리아 음식점에 가도 되고요."

"됐네. 난 이미 멕시코 요리로 결정했어."

닥터 밥은 한숨을 쉬었다.

---

20 만날 날짜(date)를 그날로 정하자는 의미. 여기에서는 연인 간 데이트라는 뜻으로 사용하여 말장난을 하고 있다.

"예약은 내가 할 수 있는데, 소문이 사실이라면 굳이 예약할 필요는 없을 걸세."

* * *

금요일이 되어 스콧은 차를 몰아 엘리스를 데리러 갔다. 닥터 밥은 이제 밤에 운전하는 걸 꺼렸다. 시내에 있는 레스토랑까지는 짧은 거리였지만 밥이 데이트를 금요일로 미룬 진짜 이유를 말할 시간은 충분했다. 밥은 마이라와 말다툼을 하고 싶지 않았던 것이다. 마이라는 '캐슬록의 최신 고급 식당'을 운영하는 두 여자에게 전혀 애정이 없는 교회 및 마을 위원회 소속 위원이었다.

"농담 마세요."

스콧이 말했다.

"안타깝게도 농담이 아니야. 마이라는 대부분의 사안에 편견이 없지만 성 정치학적 문제만 나오면……. 그냥 집사람이 나름의 특정한 방식으로 자랐다고 해 두세. 말싸움이 벌어지면 우린 아마 매섭게 싸울 거야. 나이 들어서 부부끼리 누가 목청 큰가 시합한다고 해 봐. 채신머리없는 일 아닌가."

"멕시코 채식을 파는 죄악의 소굴에 다녀왔단 말은 하실 거예요?"

"금요일 저녁에 어디서 밥 먹었냐고 혹시 물어보면 말을 해야지 그럼. 마이라가 안 물어보면 나는 입 다물고 있을 거야. 자네도 그래야 할 걸세."

"저도 그러죠."

스콧은 주차장에 차를 세웠다.

"다 왔습니다. 같이 와 줘서 고마워요, 밥. 이렇게 해서 만사를 바로잡게 되면 좋겠네요."

* * *

스콧의 바람대로 되지는 않았다.

카운터에 디어드리가 서 있었다. 그날 밤은 원피스가 아니라 흰 남방셔츠와 발목으로 갈수록 폭이 좁아지는 검은색 슬랙스를 입어 그녀의 멋진 다리가 돋보였다. 닥터 밥이 앞서 들어가자 그녀가 밥에게 미소를 지었다. 입을 다문 채 눈썹을 치켜뜨는 예의 그 다소 거만한 미소가 아니었다. 직업적인 환대의 미소였다. 그녀의 시선이 스콧에게로 옮겨가자 아까의 미소가 사라졌다. 디어드리의 초록빛 도는 회색 눈이 현미경 슬라이드 위에 놓인 한 마리의 벌레를 보듯 그를 냉정하게 뜯어보았다. 그러고 나서야 그녀는 눈빛을 거두고 메뉴판을 두 개 집어 들었다.

"자리로 안내해 드리겠습니다."

디어드리의 인도를 받던 스콧은 실내 장식을 감탄스럽게 바라보았다. 매콤과 도널드슨이 애써서 꾸몄다는 말만으로는 부족했다. 그야말로 아낌없이 애정을 쏟은 것 같았다. 높이 달린 스피커에서 멕시코 음악이 흘러나오고 있었다. 스콧이 생각하기에 테하노[21]나 란체라[22]라는 장르인 것 같았다. 벽에는 부드러운 노란색 회반죽을 거칠게 발라 어도비[23]처럼 보이게 만들고 초록색 유리 선인장 모양의 돌출된 촛대를 달아 놓았다. 태양, 달, 춤추는 두 마리의 원숭이들, 그리고 황금색 눈이 달린 개구리가 그려진 커다란 벽걸이 장식도 보였다. 규모는 팻시네 식당의 두 배였지만 커플 다섯 팀과 솔로 네 명으로 이루어진 한 팀이 손님의 전부였다.

"여기입니다." 디어드리가 말했다. "식사 맛있게 드시길 바

---

21 '텍사스 사람'이라는 뜻으로 멕시코 음악에 미국 팝 음악을 접목한 라틴 음악의 한 장르.

22 '목동의 노래'라는 뜻으로 타향살이를 하는 멕시코인들의 향수와 외로움을 표현한 민속 음악.

23 모래나 찰흙에 갈대 등의 유기물을 물과 함께 섞어서 만든 천연 건축 자재.

랍니다."

"확실히 그럴 것 같네요." 스콧이 말했다. "여기 좋군요. 우리가 처음부터 다시 시작할 수 있지 않을까 싶은데, 매콤 씨. 어떻게 생각하세요? 그게 가능할까요?"

그녀는 차분하게 스콧을 바라봤지만 표정은 여전히 차가웠다.

"지나가 와서 스페셜 메뉴를 알려 드릴 거예요."

디어드리는 그 말을 남기고 사라졌다.

닥터 밥은 자리에 앉아서 냅킨을 털었다.

"핫팩을 뺨과 이마에 살살 대 주게나."

"무슨 말씀이세요?"

"동상 처치법. 내가 보니까 자네 방금 찬 바람을 세게 맞던데, 그것도 얼굴에 정통으로 말이지."

스콧이 미처 뭐라고 대꾸하기 전에 종업원이 나타났다. 이곳에서 일하는 유일한 종업원인 모양이었다. 지나도 디어드리 매콤과 마찬가지로 검은색 바지에 하얀 남방셔츠를 입고 있었다.

"홀리 프리홀에 오신 걸 환영합니다. 신사분들 음료는 뭘로 하시겠어요?"

스콧은 콜라를 청했다. 엘리스는 하우스 와인을 한 잔

주문하더니 젊은 종업원을 자세히 보려고 안경을 썼다.

"지나 러클즈하우스잖아, 그렇지? 분명해. 시내에 있었던 내 병원에서 자네 어머니가 비서로 일했네. 까마득한 공룡 시대 일이야. 어머니를 아주 많이 닮았구면."

그녀가 미소를 지었다.

"맞아요. 이제는 지나 베켓이지만."

"정말 반갑네, 지나. 어머니께 안부 전해 줘요."

"그럴게요. 지금은 다트머스 히치콕 병원에 계세요."

그 말은 뉴햄프셔주에 있다는 뜻이었다.

"음료 내온 뒤에 스페셜 메뉴를 알려 드릴게요."

종업원이 에피타이저와 함께 음료를 가지고 돌아와 자못 경건한 태도로 접시를 테이블에 내려놓았다. 끝내주게 좋은 냄새가 났다.

"이건 뭐예요?"

스콧이 물었다.

"갓 튀긴 그린 플랜테인 칩, 마늘과 고수, 그리고 라임을 넣어 만든 살사 소스, 그리고 작은 녹색 칠리입니다. 주방장님 서비스예요. 멕시코 음식보다 쿠바 음식에 가까운데 맛있게 드시면 좋겠다고 하셨어요."

지나가 자리를 뜨자 닥터 밥이 미소를 지으며 스콧 쪽으로 허리를 숙였다.

"그래도 주방에 있는 사람하고는 성과가 좀 있었나 보군."

"어쩌면 제가 아니라 밥을 환대하는 걸지도 몰라요. 어머니가 병원에서 일했다고 지나가 미시한테 살짝 귀띔했을 수도 있죠."

말은 그렇게 해도 스콧은 눈치가 훤했다. 아니, 눈치가 훤하다고 생각했다.

닥터 밥이 텁수룩한 하얀 눈썹을 씰룩였다.

"오, 미시? 서로 이름 부르는 사이가 된 건가, 그래?"

"좀 봐줘요, 의사 양반, 그만합시다."

"의사 양반이라고 부르지 않겠다고 약속하면 그만하지. 난 그게 싫어. 밀번 스톤[24]이 생각나서."

"그게 누군데요?"

"집에 가서 검색해 봐, 이 어린 친구야."

그들은 먹고, 또 잘 먹었다. 육류 없이도 요리는 훌륭했다. 프리홀레스를 넣은 엔칠라다였는데 확실히 슈퍼마켓에서 산 토르티야와 달랐다. 식사 중에 스콧은 팻시네 식당

---

24 1950~1970년대 TV 시리즈 「포연(*Gunsmoke*)」에서 의사로 열연한 미국의 영화배우. 극중에서 '의사 양반'이라는 별명으로 불렸다.

에서 있었던 언쟁에 대해서, 그리고 논란의 여지가 적은 칠면조 그림으로 바뀔 거라는 디어드리 매콤의 포스터에 대해서 엘리스에게 이야기해 주었다.

그는 마이라가 터키 트롯 위원회에 들어가 있는지 물었다.

"아니야. 거기는 집사람이 못 들어갔지. 하지만 마이라도 분명 바꾸자는 데에 동의했을 거야."

바꾼다는 말이 나온 김에 엘리스는 스콧의 미스터리한 체중 감소 이야기로 화제를 바꾸었다. 더 미스터리한 사실은 스콧의 몸이 물리적으로는 전혀 변화를 보이지 않는다는 점이었다. 그리고 물론, 무엇보다 가장 이해할 수 없는 미스터리는 따로 있었다. 그가 옷을 입거나 물건을 들거나 하면 중량이 더해져야 하는데 그렇지 않다는 것.

손님이 몇 명 더 레스토랑에 들어오자 매콤이 종업원 복장을 한 이유가 명백해졌다. 그녀가 종업원이었기 때문이다. 적어도 오늘 밤은 종업원 일을 하고 있었다. 어쩌면 매일 밤 그랬을지도 모른다. 디어드리가 두 가지 역할을 하고 있다는 사실은 레스토랑의 경제적 상황을 더 확실하게 보여 주었다. 비용 절감을 시작했다는 뜻이다.

지나가 두 사람에게 디저트를 먹을 건지 물었다. 두 사람 다 고사했다.

"너무 배가 불러서 더는 못 먹겠어요. 하지만 도널드슨 씨에게 최고였다고 말 좀 전해 주세요." 스콧이 말했다.

닥터 밥은 양손 엄지손가락을 치켜세웠다.

"정말 기뻐하실 거예요." 지나가 말했다. "계산서 가지고 오겠습니다."

레스토랑은 빠른 속도로 비어 가고 있었다. 몇 안 되는 커플이 남아서 식후 음료를 홀짝이고 있었다. 디어드리는 떠나는 손님들에게 식사가 어땠는지를 묻고 찾아 줘서 감사하다는 인사를 건넸다. 그리고 함박웃음을 지었다. 반면 개구리 그림 태피스트리 아래 앉은 두 남자 쪽으로는 미소는커녕 눈길 한 번 주지 않았다.

스콧은 자신이 동네 망나니 취급을 받고 있다는 느낌이 들었다.

"그래, 정말 괜찮은 건가?"

닥터 밥은 벌써 열 번째 똑같은 질문을 했다.

"심박 부정맥은 안 왔어? 현기증은? 극심한 갈증도 없고?"

"하나도 없었어요. 오히려 정반대인걸요. 신기한 이야기 하나 해 드릴까요?"

그는 엘리스에게 야외무대의 계단을 가볍게 뛰어다닌 일

을, 거의 튀어 오르다시피 계단을 오르내렸던 일을 들려주었다. 그리고 직후에 맥박이 어땠는지도 설명했다.

"휴식기 맥박까지는 아니더라도 뛰어다닌 사람치고는 아주 느리게 뛰었어요. 분당 80회 이하로요. 제가 의사는 아니지만 제 몸이 어떻게 생겼는지는 알잖아요. 그래서 말인데, 지금까지 근육은 전혀 손실이 없었어요."

"그거야 아직은 없겠지."

엘리스가 말했다.

"앞으로도 근육이 빠질 것 같지는 않아요. 질량은 항상 똑같이 고정되어 있나 봐요. 심지어 체중이 왠지 모르게 사라지고 있어서 질량도 함께 줄어야 정상인 상황에서도 말이에요."

"그건 말도 안 되는 발상이야, 스콧."

"저도 백번 동의하죠. 하지만 그렇잖아요. 저한테 작용하는 중력의 힘이 줄어든 게 확실해요. 누구든 그렇게 되면 활력이 넘칠 수밖에 없잖아요?"

닥터 밥이 뭐라고 하려는데 지나가 스콧의 서명이 필요한 영수증을 들고 왔다. 스콧은 후한 팁을 더해 서명을 하더니 식사가 모든 면에서 아주 좋았다는 말을 재차 주워섬겼다.

"그거 신나는 말씀이네요. 또 찾아 주세요. 친구분들에게도 소문내 주시고요."

지나는 허리를 숙이며 목소리를 낮췄다.

"저희는 정말 이 일이 필요하거든요."

* * *

두 사람이 레스토랑을 나설 때가 되자 카운터에 디어드리 매콤의 모습이 보이지 않았다. 그녀는 틴 대교의 정지 신호등 쪽을 응시하며 계단 끝 통행로에 서 있었다. 그녀가 엘리스를 보고 미소를 지었다.

"캐리 씨와 둘이서만 이야기를 좀 할 수 있을까요? 아주 잠깐이면 돼요."

"그럼요. 스콧, 나는 길 건너 서점에 쇼윈도 구경하러 가네. 갈 준비되면 경적 한 번 울려 줘."

닥터 밥은 메인가를 가로질렀다. 하루를 일찍 마치는 동네다 보니 보통 8시쯤에는 인적이 드물었다. 스콧은 디어드리를 쳐다보았다. 미소가 사라진 얼굴이었다. 스콧은 그녀가 화가 났다는 걸 알 수 있었다. '홀리 프리홀'에서 식사를 하면 관계가 나아질 거라고 기대했는데 오히려 더 악화시

킨 셈이었다. 그는 어째서 그렇게 된 건지 알 수 없었지만 전보다 상황이 나빠졌다는 건 아주 명확했다.

"뭐 때문에 그러는 거죠, 매콤 씨? 아직도 개들 문제로……."

"이제는 공원에서 뛰게 하는데 그럴 리가 있겠어요? 적어도 거기에서 뛰어 보려고 애쓰는 중이니까요. 항상 목줄이 엉키거든요."

"뷰드라이브에서 뛰어도 돼요." 스콧이 말했다. "전에 말했듯이 문제는 그저 개들 뒤처리만……."

"개들한테는 신경 끄세요."

그를 쳐다보는 초록빛 도는 회색 눈이 번뜩였다.

"끝난 일이니까. 더군다나 정작 *끝내야* 할 건 당신이 하는 행동이에요. 당신더러 지저분한 동네 식당에서 우리 편들어 달란 적 없어요. 이제 좀 잠잠해지려는데 또 말을 만들고 다니잖아요."

자기 포스터를 붙인 가게가 거의 없는 걸 못 봐서 잠잠해지는 줄 아는 모양이라고 스콧은 속으로 생각했다. 그가 말했다.

"팻시네는 전혀 지저분한 식당이 아니에요. 아주머니가 당신네 요리 같은 걸 팔지는 않지만 청결하다고요."

"청결하든 지저분하든 요지는 그게 아니잖아요. 편들어 줬으면 하는 일이 생기면 *내가* 알아서 해요. 당신이 나한테…… 우리한테 갤러해드 경[25] 역할을 해 줄 필요 없다고요. 우선, 당신은 그 역할을 하기에는 좀 너무 늙은 것 같은데요."

디어드리가 그의 배를 슬쩍 쳐다보았다.

"하나 더 말하자면, 체중도 좀 많이 나가잖아요."

스콧의 현재 상황을 고려해 보면 그녀가 날린 한 방은 완전히 과녁을 벗어나 있었다. 하지만 디어드리가 그런 방법을 썼다는 데서 그는 씁쓸한 재미를 느꼈다. 그녀 자신도 어떤 여자한테 좀 많이 늙고 뚱뚱해서 기네비어[26] 역할에 안 맞는다고 하는 남자의 말을 들으면 극도로 분노했을 것이기 때문이다.

"그렇군요." 스콧이 말했다. "무슨 말인지 알았어요."

디어드리는 그의 고분고분한 반응에 잠시 당황했다. 매우 간단히 일격을 날릴 수 있을 거라 생각했는데 아예 빗나가서 어리둥절한 모양새였다.

---

25 아서왕 전설에 등장하는 원탁의 기사 가운데 가장 고결하고 용맹한 성품의 소유자로 알려져 있다.

26 아서왕의 아름다운 왕비.

"이야기 끝난 건가요, 매콤 씨?"

"한 가지만 더요. 제 아내에게 접근하지 말았으면 좋겠어요."

스콧이 도널드슨과 얘기를 나눈 걸 알고 있단 뜻이니까 이번에는 스콧이 머뭇거릴 차례였다. 미시는 가정의 평화를 위해서, 매콤에게 스콧을 찾아간 사실을 털어놓는 대신, 스콧이 자신을 만나러 왔다고 말을 했을까? 스콧이 매콤에게 그런 질문을 했다간 미시가 난처해질 것이다. 그도 바라지 않는 바였다. 본인의 결혼 생활이 잘 보여 주듯, 스콧은 결혼에 관한 한 전문가는 아니었다. 하지만 이들 부부의 관계가 레스토랑 때문에 생기는 문제들로 충분히 긴장되어 있다는 건 알 수 있었다.

"그러죠." 그가 답했다. "그러면 다 됐나요?"

"네."

그녀는 두 사람이 처음 만났던 날 스콧의 면전에 대고 문을 닫으면서 했던 것과 똑같은 방식으로 대화를 마무리했다.

"말씀 즐거웠어요."

스콧은 날렵한 검은색 정장바지와 흰색 남방셔츠를 입은 디어드리가 계단을 올라가는 모습을 지켜보았다. 그녀라면 야외무대의 계단쯤은 16킬로그램이 빠진 자신보다 훨씬 빠르게, 그리고 발레리나만큼이나 가뿐하게 오르내릴 것이다. 마이크 바달라멘테가 뭐라고 했더라?

나도 매콤과 같이 뛸 생각에 기대하고 있지. 내가 그 여자 옆에서 계속 뛴다는 건 아니지만. 일단 신호탄이 울리면, 그 여자가 대회를 석권할 거야.

신은 그녀에게 잘 달릴 수 있는 멋진 신체를 주셨다. 스콧은 그녀가 그걸 누릴 수 있기를 빌었다. 디어드리 매콤이 예의 그 건방진 미소를 짓고는 있지만 요즘 그다지 즐겁지 않을 거라 생각했다.

"매콤 씨?"

그녀가 돌아서서 가만히 기다렸다.

"식사 정말 맛있었어요."

디어드리는 건방지든 뭐든 어떤 식으로도 미소를 짓지 않았다.

"잘됐네요. 지나를 통해서 미시한테 이미 말씀하셨겠지만 제가 기꺼이 한 번 더 전하죠. 이렇게 제 가게에 왔다 가셨고, 스스로가 정치적으로 정당한 무리에 속한다는 걸 보여 주셨으니 이제 다시 팻시네 식당에 다니시는 게 어때요? 제 생각엔 그러는 편이 서로에게 훨씬 편할 것 같네요."

디어드리가 레스토랑으로 들어갔다. 스콧은 잠시 동안 통행로에 우두커니 서서 어떤 기분에 사로잡혔다. 뭐랄까? 여러 감정이 뒤죽박죽된, 뭐라고 한마디로 정의하기 어려운 이상한 느낌이었다. 잘못을 깨닫기도 했고, 약간 즐거운 마음도 들었다. 조금 화가 났지만 대체로 서글픈 감정이었다. 그녀는 올리브 가지[27]를 원치 않았건만 스콧은 누구나 그걸 원하리라고 안일하게 생각했던 것이다.

닥터 밥의 말처럼 어쩌면 자신이 아직 어린가 보다 하고 스콧은 생각했다.

'하긴 뭐, 밀번 스톤이 누군지도 모르는 나인데.'

거리가 너무 조용해서 짧게라도 경적은 울리면 안 될 것 같았다. 그래서 길을 건너 '북 눅'의 쇼윈도 앞에 서 있는 엘리스 곁으로 갔다.

"잘 해결했나?"

닥터 밥이 물었다.

"별로요. 자기네 인생에 간섭하지 말랍니다."

---

27 올리브 가지는 가톨릭교와 유대교에서 비둘기와 함께 평화의 상징으로 쓰인다. 여기에서는 화해의 제스처를 의미한다.

닥터 밥이 그의 얼굴을 쳐다보았다.

"그럼 그렇게 하는 게 좋겠어."

스콧은 엘리스의 집으로 차를 몰았다. 친절하게도 닥터 밥은 집에 가는 동안 한 번도 스콧에게 매사추세츠 종합병원이나 메이오 클리닉, 클리블랜드 클리닉, 아니면 나사에 입원하라고 성가시게 조르지 않았다. 그는 차에서 내릴 때가 되어서야 즐거운 저녁을 보내서 고마웠다는 인사와 함께 계속 연락해 달라는 말을 했다.

"당연하죠. 그럴게요." 스콧이 답했다. "이제 우린 한 배를 탄 셈이니까."

"그래서 말인데 혹시 일요일에 올 수 있나? 같이 패트리어츠 팀[28] 경기나 보세. 마이라가 없으니까 궁색한 맨 케이브[29] 말고 위층에서 볼 수 있어. 그리고 내가 자네 수치를 좀 측정해 놓고 싶어. 기록을 시작하는 거지. 그렇게 허락해 줄 텐가?"

"미식축구는 찬성이지만 측정은 싫어요." 스콧이 말했다. "적어도 지금은요. 괜찮죠?"

---

28 뉴잉글랜드의 미식축구팀.

29 남자의 동굴이라는 뜻으로 미주 지역에서 남성들이 단독주택의 지하실이나 창고를 개조하여 만든 취미 및 레저 활동을 위한 공간.

"자네 결정에 따르지."

닥터 밥이 말했다.

"정말 훌륭한 식사였어. 고기는 생각도 안 나더라고."

"저도요."

스콧은 그렇게 말했지만 엄밀히 말해 사실이 아니었다. 집에 도착한 그는 겨자를 뿌린 살라미 샌드위치를 한 개 만들어 먹었다. 그런 다음 옷을 벗고 욕실 체중계 위에 올라섰다. 스콧이 측정을 거부한 이유는 닥터 밥이 매번 체중을 잴 때마다 근육 밀도도 측정할 게 뻔했기 때문이었다. 게다가 스콧은 닥터 밥이 어떤 직관 때문에, 물리에 관한 다소 심오한 인식에 따라 나름대로 짚이는 데가 있어서 그러는 거라고 생각했다. 이제 보니, 닥터 밥의 직관은 옳았다.

아침에 스콧의 몸무게는 91킬로그램이 약간 넘게 나왔다. 거나한 저녁 식사 끝에 푸짐한 간식까지 먹은 지금, 스콧은 90.2킬로그램이 되었다.

진행 속도가 빨라진 것이다.

3장
내기

10월 말의 캐슬록은 아주 아름다웠다. 구름 한 점 없는 파란 하늘이 매일 이어지고 기온은 따뜻했다. 정치적으로 진보적인 소수의 사람들은 지구 온난화 때문이라고 했고 훨씬 보수적인 대다수의 사람들은 유난히 멋진 인디언서머[30]일 뿐, 곧 메인주의 전형적인 겨울 날씨가 찾아올 거라고 말했다. 현관 앞마다 호박들이 나와 있고, 검은 고양이와

---

30 북아메리카의 늦은 10월에서 11월 사이에 계절에 맞지 않는 따뜻하고 건조한 날씨가 일정 기간 지속되는 현상.

해골 들이 집집마다 창문에 붙어 춤을 췄다. 초등학교에서는 사탕을 받으러 다닐 아이들에게 단단히 주의를 주었다. 핼러윈 밤에는 인도를 벗어나지 말고, 밀봉되어 있는 과자만 받아야 한다고 말이다. 고등학생들은 의상을 갖춰 입고 체육관에서 열리는 연례 핼러윈 댄스파티에 참석했다. 이 지역의 아마추어 밴드 '빅탑'이 그날만은 '페니와이즈[31]와 광대들'이라는 이름으로 연주를 맡았다.

엘리스와의 저녁 식사 이후로 두 주 정도가 지났다. 스콧의 몸무게는 조금씩 가속이 붙으며 계속해서 줄어들고 있었다. 그는 81킬로그램이 되었고 여태껏 빠진 체중은 모두 15킬로그램이었다. 여전히 기분이 좋고, 최고이며, 심신이 건강하다.

핼러윈 오후에 스콧은 차를 몰고 캐슬록에 있는 신설 쇼핑센터 내의 CVS 드러그스토어[32]로 향했다. 그는 필요 이상으로 많은 핼러윈 사탕을 구입했다. 요즘에는 핼러윈 복장을 한 방문객들이 뷰에 있는 가정을 그렇게 많이 찾지 않

---

31 스티븐 킹의 소설 『그것(It)』에 등장하는 광대 캐릭터. 공포의 화신.

32 처방 없이 구입 가능한 의약품 외에 화장품과 간단한 식음료 등을 파는 가게.

왔다. 몇 년 전의 '자살 계단'[33] 붕괴 사건 이전에는 손님이 더 많았다. 꼬마 동냥꾼들이 가져가지 않아 남은 사탕은 스콧이 먹을 것이다. 기운이 펄펄 난다는 것 말고 그의 특이한 상태가 유용한 이유 중 하나는 원하는 만큼 얼마든지 먹어도 뚱뚱해지지 않는다는 점이었다.

먹은 지방이 전부 콜레스테롤 수치를 엉망으로 만들 수 있지만 스콧은 그렇지 않을 거라는 신념이 있었다. 그의 몸은 벨트 위로 거짓말처럼 나와 있는 뱃살을 제외하면 생애 최고의 상태였다. 기분 또한 노라 케너와의 교제가 한창이던 시절보다 좋았다.

금상첨화로 그에게 일을 의뢰했던 백화점에서 작업을 흡족해했다. 그들은 스콧이 만든 웹사이트가 오프라인 매장 사업 전망을 호전시켜 주리라 (스콧이 보기에는 판단 착오 같지만) 확신하게 되었다. 최근에 스콧은 582,674.50달러권 수표를 수령했다. 은행에 입금하기 전에 사진도 찍어 놓았다. 메인의 작은 동네에 살면서 자기 집 서재에서 일하는 그는 어느덧 부자에 가까워졌다.

---

33 스티븐킹과 리처드 치즈마가 공동 집필한 『그웬디의 단추 상자(Gwendy's Button Box)』에 따르면 이 계단은 캐슬뷰의 깎아지른 절벽에 쇠 나사로 고정되어 있어 캐슬록에서 캐슬뷰로 걸어 올라가는 통로 역할을 한다.

스콧은 디어드리와 미시를 먼발치에서 딱 두 번 봤다. 디와 덤에게 채워진 긴 목줄이 못마땅하다는 얼굴로 공원을 달리고 있었다.

드러그스토어에서 볼일을 끝내고 집으로 발길을 재촉하던 스콧은 집 앞마당에 서 있는 느릅나무에 시선을 빼앗겼다. 나뭇잎의 색이 변해 있었다. 하지만 따뜻한 가을 덕분에 대부분은 여전히 나무에 매달려 있었다. 잎이 살며시 바스락거렸다. 제일 낮은 가지가 스콧의 머리보다 180센티미터 더 높은 곳에 매력적으로 뻗어 있었다. 그는 사탕이 든 가방을 바닥에 내려놓고 두 손을 들어 올렸다. 그리고 무릎을 풀어 준 다음 점프를 했다. 스콧은 그 나뭇가지를 쉽게 잡아챘다. 1년 전에는 해 보려고 생각도 하지 않았던 행동이었다. 근육의 손실이 없었기 때문에 스콧의 근육들은 아직도 109킬로그램이 나가는 남자의 몸을 지탱하고 있다고 착각했다. 그는 달에 착륙한 우주비행사들이 엄청나게 멀리 도약하는 옛날 TV 영상을 떠올렸다.

스콧은 잔디 위로 털썩 내려와 가방을 주워 들고 현관 계단 쪽으로 갔다. 계단을 하나씩 걸어 오르는 대신 무릎을 한 번 더 풀고 단번에 뛰어올랐다.

쉬웠다.

그는 현관문 안에 놓인 넓은 그릇에 사탕을 담아 놓고 서재로 향했다. 컴퓨터를 켜더니 바탕화면에 마구 흩뿌려진 작업 파일 대신 달력을 열어 내년 달력으로 들어갔다. 붉은색으로 표시된 공휴일과 일정이 있는 날을 제외하고는 날짜가 검은색으로 되어 있었다. 스콧이 내년에 붉게 표시해 놓은 일정은 딱 하루였다. 5월 3일. 마찬가지로 붉은 글씨로 된 한 글자가 보였다. '0'. 그가 글자를 지우자 5월 3일은 다시 검은색으로 바뀌었다. 스콧은 3월 31일을 선택하고 직사각형의 일정란에 '0'을 써 넣었다. 감소하는 속도가 더 빨라지지 않는다면 지금 예상하기로 몸무게가 바닥 나는 날이 바로 그날이었다. 속도가 빨라질지도 모른다. 하지만 스콧은 그 와중에도 인생을 만끽하기로 했다. 그게 자기 자신에 대한 도리라고 느꼈다. 어쨌든, 가망이 없는 상태에 처한 사람들 중 전적으로 기분이 좋다고 말할 수 있는 이가 그리 흔할까? 스콧은 이따금 노라가 알코올 중독자 모임에서 배워 온 어느 격언을 생각했다.

과거는 역사이고 미래는 불가사의다.

그의 현재 상황과 아주 잘 어울리는 말이었다.

* * *

  4시경에 의상을 차려입은 첫 팀이 왔고 마지막 팀이 해질 무렵을 막 넘겨서 다녀갔다. 손님들은 귀신과 도깨비, 슈퍼 영웅들과 스톰트루퍼[34]였다. 한 아이는 재미있게도 파랗고 하얀색의 우체통으로 변신해서 우편물을 넣는 틈 사이로 두 눈을 빼꼼히 내놓고 있었다. 스콧은 아이들마다 크기가 작은 초콜릿 바를 두 개씩 줬는데 우체통 의상을 입은 아이에게만은 최고라는 의미에서 세 개를 주었다. 어린 꼬마들은 부모들과 함께 찾아왔다. 늦게 온 아이들은 비교적 큰 애들이었고 대부분 부모를 동반하지 않고 다녔다.

  6시 30분을 막 넘겨서 제일 마지막에 왔던 남녀 혼성팀은 (아마도) 헨젤과 그레텔이었을 것이다. 아홉 살이나 열 살쯤, 그다지 꾀가 많아 보이진 않았지만 장난을 치지 말라는 뜻으로[35] 사탕을 두 개씩 주었다. 스콧은 혹시 근처에 다른 아이들이 있는지 물었다.

---

34 영화 「스타워즈」에 등장하는 제국군 병사.
35 핼러윈에는 아이들이 '먹을 것을 안 주면 장난을 치겠다'는 뜻으로 "Trick or Treat!"이라고 외치며 사탕을 얻으러 다닌다.

"아뇨."

사내아이가 대답했다.

"저희가 마지막인가 봐요."

녀석이 여자아이를 팔꿈치로 찔렀다.

"얘가 계속 자기 머리를 다듬어서 늦었어요."

"저기 길 위쪽에서는 뭘 받았니?" 스콧이 매콤과 도널드 슨의 집을 가리키며 물었다. "뭐 좋은 거라도 줬어?"

미시가 특별히 핼러윈 과자를 만들었을 수도 있겠다는 생각이 스쳤다. 초콜릿을 묻힌 당근 스틱 같은 종류로.

자그마한 여자아이의 눈이 동그래졌다.

"우리 엄마가 저기는 가지 말라고 했어요. 좋은 아줌마들 이 아니라서요."

"레즈비언이래요." 사내아이가 부연 설명을 했다. "아빠가 그랬어요."

"아." 스콧이 말했다. "레즈비언. 그렇구나. 얘들아, 자, 조 심해서 집에 가렴. 인도로 다니고."

아이들은 달콤한 과자가 든 손가방을 들고 제 갈 길을 갔다. 스콧은 문을 닫고 사탕 그릇을 쳐다보았다. 아직도 반이 차 있었다. 그가 생각하기엔 손님이 총 열여섯 명, 아 니면 열여덟 명 정도 된 것 같았다. 매콤과 도널드슨한테는 몇 명이나 갔을까 궁금했다. 한 명도 없었던 게 아닐까 싶었다.

스콧은 거실로 가서 뉴스를 틀었다. 포틀랜드 시내에서 아이들이 사탕을 받으러 다니는 영상이 나왔다. 그는 텔레비전을 껐다.

'좋은 아줌마들이 아니래요.'

아이들의 말을 곱씹어 보았다.

'레즈비언이래요. 아빠가 그랬어요.'

문득 어떤 아이디어가 떠올랐다. 스콧은 가끔 그런 식으로 가장 멋진 아이디어들을 생각해 냈다. 거의 완벽하게 모양을 갖춘 상태라서 약간 수정하고 광만 좀 내주면 되는 아이디어들 말이다. 물론 멋진 아이디어가 반드시 좋은 아이디어란 법은 없다. 하지만 그는 이게 좋은 아이디어가 될지 두고 볼 작정이었다.

"자신에게 베풀라."[36] 스콧이 그렇게 말하고 웃음을 터뜨렸다. "바짝 말라 사라져 버리기 전에 자기 자신에게 베풀어야 해. 못 할 게 뭐야? 못 할 이유가 대체 뭐 있겠어?"

---

36 Treat yourself. 스콧이 'Trick or Treat'에서 연상한 말로 자신에게 마라톤에 출전할 기회를 주겠다는 의미이다.

　　　　　　　　* * *

　다음 날 아침 9시에 스콧은 5달러를 쥐고 캐슬록 레크리에이션 센터로 들어섰다. 터키 트롯 12K 등록 테이블에는 마이크 바달라멘테와 함께 지난번에 팻시의 식당에서 스콧이 만났던 공공사업 직원, 로니 브리그스가 앉아 있었다. 두 사람 뒤로 체육관 안에서는 아침 운동하는 농구팀이 셔츠 팀 대 맨몸 팀으로 편을 나누어 한창 연습게임을 벌이고 있었다.

　"어이, 스코티!" 로니가 인사를 했다. "어떻게 지냈어, 이 친구야?"

　"잘 지내." 스콧이 말했다. "자넨 어때?"

　"아주 좋지!" 로니가 외쳤다. "공공사업 근무시간이 줄어들긴 했지만, 기분은 더할 나위 없이 좋아. 요즘엔 목요일 저녁 포커판에서 안 보이던데?"

　"일하느라 너무 바빴어, 로니. 큰 프로젝트라서."

　"그리고 말이야, 팻시네 가게에서 있었던 일은……." 로니가 난처한 얼굴로 말했다. "나도 유감스럽게 생각해. 트레버 욘트, 그 친구가 입이 좀 방정맞은데 일단 불만을 늘어놓기 시작하면 아무도 말리질 못하거든. 그랬다간 괜히 코

뼈 부러지기 십상이지."

"괜찮아. 다 지난 일이야. 어이, 마이크. 경기 참가 등록
좀 해 주겠어?"

"당연하지." 마이크가 대답했다. "사람이 많을수록 즐거운
법이잖아. 후발대에서 나랑 같이 뛰면 되겠네. 애들도 있고,
어르신들이랑 몸이 그렇게 좋지 않은 사람들 따라서 말이
지. 올해는 맹인 참가자도 한 명 있어. 그 친구 안내견이 같
이 뛸 거라고 하더군."

로니는 테이블 위로 허리를 숙여 스콧의 배를 가볍게 두
드렸다.

"스코티, 이 사람아, 걱정 붙들어 매, 3킬로미터마다 응급
구조사를 배치하고 결승선에는 두 명이 대기할 테니까. 자
네가 지쳐서 퍼지면, 그 사람들이 시동을 걸어 줄 거야."

"다행이군."

스콧은 5달러를 내고 권리 포기 증서에 서명했다. 캐슬
록은 12킬로미터 경주 중에 발생할지 모르는 어떠한 사고
나 건강상의 문제에 대해서도 책임지지 않는다는 내용이었
다. 로니가 영수증에 날인을 했고 마이크는 경주 코스 지
도와 참가 등번호를 받았다.

"뒷면을 떼서 경주 전에 옷에다가 붙이면 돼. 진행요원

중에 아무한테나 이름을 말하면 참가 확인을 할 거야. 그러면 출발 준비가 끝나."

스콧은 자신의 이름이 등록된 참가 순번을 보았다. '371'이었다. 대회까지 아직 3주가 넘게 남았는데 이렇게 신청자가 많다니. 그는 나직이 휘파람을 불었다.

"시작부터 좋은데. 전부 성인 참가비라면 더더욱."

"아니야." 마이크가 말했다. "뭐, 대부분은 성인이지. 그래도 작년과 같은 수준이면 800명에서 900명쯤 등록할 것 같아. 뉴잉글랜드 전역에서 참가를 하니까. 이유를 모르겠지만 우리 터키 트롯이 그럭저럭 유명해졌어. 우리 집 애들도 입소문이 났다고 할 정도니."

"경치 때문이지." 로니가 거들고 나섰다. "그래서들 오는 거야. 언덕도 많고, 특히 헌터 힐이 좋지. 게다가 마라톤에서 우승하면 타운 광장 크리스마스트리도 점등할 수 있거든."

"레크리에이션 센터가 코스를 따라서 온갖 매점도 열 거니까." 마이크가 말했다. "내가 봤을 땐 그게 제일 멋진 풍경이지. 핫도그, 팝콘, 음료수, 또 핫초코가 엄청나게 있을 거 아니야."

"그래도 맥주는 없어." 로니는 섭섭한 듯 말했다. "역시 이번에도 맥주는 회의에서 부결시켰대. 카지노 부결한 거랑 똑같아.”

'레즈비언 부결한 것도 똑같지.'

스콧은 생각했다.

이 동네 전체가 레즈비언을 부결했다. 선거 투표에서 부결한 것만 뜻하는 게 아니다. 이 마을의 표어가 '남들 모르게 못 하겠으면 나가라.'인가 싶다.

“디어드리 매콤도 출전하나?”

스콧이 물었다.

“아, 그럼.” 마이크가 대답했다. “그 사람 예전 선수 시절 번호로 등록했어. 19번. 우리가 특별히 남겨 뒀거든.”

* * *

스콧은 밥과 마이라 엘리스 부부, 그들의 장성한 다섯 자녀들과 함께 추수감사절 만찬을 즐겼다. 운전해서 올 만한 거리에 사는 자녀들이었다. 스콧은 뭐든 두 그릇씩 해치웠다. 그러고 나서 엘리스 부부의 너른 뒷마당에서 박진감 넘치게 술래잡기하는 아이들 틈에 합류했다.

“음식을 그렇게 많이 먹고 바로 뛰어다니다니, 저러다 심장마비 걸리겠어요."

마이라가 걱정스럽게 말했다.

"그런 일은 없을 거예요." 닥터 밥이 말했다. "내일 마라톤에 나간다고 했으니까."

"12킬로미터 거리를 가볍게 뛰는 것 이상으로 애썼다간 심장마비 걸리지 않겠어요?"

마이라는 깔깔거리는 손녀를 뒤쫓는 스콧을 유심히 지켜보며 말했다.

"정말이지, 남자가 중년에 접어들면 분별력이 없어진다니까요."

스콧은 지치고도 행복한 기분으로 귀가했다. 다음 날 있을 터키 트롯이 기대되었다. 잠자리에 들기 전, 체중계에 올라간 그는 64킬로그램으로 줄어든 숫자를 보고도 별로 놀라는 기색이 없었다. 하루에 1킬로그램씩 빠진다거나 하지는 않았다. 아직은 말이다. 하지만 그렇게 될 날이 올 것이다. 스콧은 컴퓨터를 켜고 '0의 날'을 3월 15일로 앞당겨 놓았다. 두렵지 않다면 어리석은 것일 터. 그는 두려웠다. 한편 궁금하기도 했다. 다른 감정도 느꼈다. 행복? 이 기분이 행복일까? 그렇다. 미친 소리일지 몰라도 그건 분명 행복이었다. 확실히 그는 어떤 연유에서건 자신이 선택받았다는 느낌이 들었다. 닥터 밥은 그거야말로 미친 소리라고 할 것이다. 하지만 스콧은 그렇게 생각하는 게 정상이라고 믿었다. 자기 힘으로 어쩔 수 없는 일인데 뭐 하러 괴로워하랴? 그걸 받아들이면 어때서?

* * *

11월 중순의 한파가 닥쳤다. 들판과 잔디가 얼어붙을 만큼 거셌다. 하지만 추수감사절이 지나서 찾아온 금요일은 잔뜩 낀 구름 아래서 비교적 따뜻하게 밝아 왔다. 13번 채널의 찰리 로프레스티가 오후 들어 폭우가 내릴지 모른다고 예보했지만 그 정도로는 캐슬록의 큰 행사에 흠집을 낼 수 없었다. 관중들과 참가자들 모두 같은 생각이었다.

스콧은 8시 15분에 자신의 낡은 운동화를 신고 레크리에이션 센터로 향했다. 터키 트롯을 시작하려면 한 시간도 더 남았지만 이미 엄청난 인파가 모여 있었다. 대다수가 지퍼와 모자가 달린 상의를 착용했다. 몸이 더워지면 코스를 따라 곳곳에 버려질 운명의 옷이었다. 사람들은 주로 '타지역 참가자' 표시가 붙은 왼쪽에서 등록을 기다리고 있었다. '캐슬록 주민' 표시가 붙은 오른쪽에는 짧게 한 줄이 늘어서 있었다. 스콧은 참가 등번호의 뒷면을 벗겨 냈다. 그리고 그의 가짜 같은 불룩한 배 위로 티셔츠에 붙였다. 악기를 조율하고 있는 고등학교 밴드부의 소리가 근처에서 들려왔다.

팻시네 식당 주인 팻시 덴튼이 그를 등록시켜 주더니 곧장 건물에서 멀찍이 떨어진 곳으로 안내했다. 뷰드라이브가가 시작되는 지점이자 경주의 출발 지점이었다.

"주민이니까 앞쪽으로 살살 나가 서도 돼."

팻시가 말했다.

"하지만 그건 예의가 아니잖아요. 가서 다른 300번대 사람들 찾으셔야죠. 다들 기다릴 텐데 가 보세요."

그녀의 시선이 스콧의 복부로 향했다.

"그렇게 하지 않고선, 머지않아 맨 뒤에서 아이들이랑 같이 뛰게 될 거야."

"아이고, 정곡을 찔렀네."

스콧이 말했다.

팻시가 미소를 지었다.

"진실이란 괴로운 법이지, 안 그래? 자네가 먹은 수많은 베이컨 버거와 치즈 오믈렛이 괴롭히러 돌아오는 수가 있어. 가슴에 꽉 조여 오는 느낌이 들거들랑 내 말을 기억하도록 해."

스콧은 먼저 등록을 마친 동네 사람들이 운집하고 있는 쪽에 합류했다. 그는 지도를 자세히 살펴보았다. 코스는 매끈하지 않은 고리 모양이었다. 뷰드라이브가를 따라가다 117번 국도와 만나는 지점까지가 최초 3킬로미터 구간이다. 그다음 보위 개천의 지붕 있는 다리까지 가면 코스의 절반 구간이 된다. 그러고 나서 119번 국도를 따라가면 공영 마을 도로가 끝나는 지점에서 배너맨 로드로 바뀐다. 그러면 10킬로미터째에 헌터 힐이 나온다. 종종 '주자의 비탄'이라고 부르는 언덕이다. 경사가 아주 가파른 탓에 눈이 오는 계절에는 아이들이 거기에서 썰매를 탄다. 무시무시하게 속력이 붙지만 제방처럼 쌓아 올린 눈 덕분에 안전하다. 마지막 2킬로미터는 캐슬록의 메인가를 따라 달리게 된다. 포틀랜드시에 있는 방송국 3사 모두의 카메라는 물론, 환호하는 관중들이 줄지어 서 있는 구간이다.

사람들은 하나같이 담소를 나누고 소리 내어 웃거나, 뜨거운 커피 또는 코코아를 마시면서 무리 지어 서성거리고 있었다. 디어드리 매콤을 제외한 모두가 그랬다. 하늘색 반바지와 눈처럼 흰 아디다스 운동화를 신은 그녀는 말도 안되게 훤칠하고 아름다워 보였다. 그녀의 번호 19는 엉뚱하게도 연한 빨간색 티셔츠 왼쪽 옆구리의 윗부분에 붙어 있었다. 그렇게 함으로써 티셔츠의 정면이 거의 그대로 드러났다. 그 자리에는 '홀리 프리홀 메인가 142번지'라는 글씨와 엠파나다[37] 그림이 붙어 있었다.

그녀가 보기에 효과가 있으리라 판단했다면 레스토랑 홍보는 할 만한 일이었다. 하지만 스콧은 그녀가 그 이상을 의도한 것이 아닌가 하는 생각이 들었다.

디어드리는 '자신의' 포스터가 논란이 덜한 새 포스터로 교체되었다는 걸 잘 알고 있었다. 그때 맹인 참가자가 출발선에서 인터뷰하는 모습이 눈에 들어왔다. 안내견과 함께 달리는 그 친구와 달리, 디어드리는 장님이 아니었다. 스콧은 디어드리가 그냥 '제기랄' 한마디 내뱉고 순순히 물러서지 않았다는 점이 전혀 놀랍지 않았다. 스콧은 그녀가 광고를 단 이유를 아주 잘 알고 있었다. 사람들에게 맞서려는 것이다.

'당연히 그렇겠지.' 그는 생각했다.

디어드리는 모두를 이기려고 한다. 남자, 여자, 아이, 그

---

37 달걀과 소금을 넣은 밀가루 반죽 안에 고기, 과일, 치즈 등 갖가지 소를 채워 굽거나 튀겨서 만드는 남미 요리.

리고 독일산 셰퍼드와 함께 뛰는 맹인 할 것 없이 전부 다. 그녀는, 어느 레즈비언이, 어느 *결혼한* 레즈비언이 자기들의 크리스마스트리에 스위치를 켜는 모습을 마을 전체가 지켜보게 만들고 싶은 것이다.

디어드리는 레스토랑이 회생 불가라는 사실을 알고 있다. 어쩌면 그걸 기뻐할지도 모른다. 어쩌면 록을 당장에라도 떠나고 싶어 조바심을 내고 있을지도 모른다.

하지만 그럼에도 그녀는 아내와 함께 이곳을 떠나기 전에 그들과 맞서려고 한다. 그리고 그들의 기억 속에 새겨주려 한다. 그녀는 우승 소감을 말할 필요도 없을 것이다. 단지 미소면 충분하다. 예의 그 건방진 미소가 이렇게 말해줄 것이다.

잘 봤겠죠. 이 촌스럽고 독선적인 인간 말종 여러분. 말씀 즐거웠어요.

디어드리는 준비운동을 했다. 먼저 한쪽 다리를 뒤로 포개 올려 발목을 잡았다. 다른 쪽 다리에도 똑같이 했다. 스콧은 '참가자 무료, 손님 1달러'라고 적힌 다과 테이블에서 커피 두 잔을 사고 1달러를 추가로 산 커피 값으로 치렀다. 그리고 디어드리 매콤을 향해 걸어갔다. 그녀를 어떻게 해볼 생각도 아니었고 어떤 식으로든 로맨틱한 의도는 없었다. 하지만 그도 남자이기에 스트레칭을 하는 디어드리의 모습을 보고 찬탄했다. 그녀는 동작을 하는 내내 쥐색 구름밖에 없는 하늘을 넋을 빼고 올려다보았다.

마음을 가다듬고 있는 거라고 그는 생각했다. 디어드리는 준비를 하고 있었다. 단순한 마지막 경기가 아닌, 그녀에게 진정으로 의미가 있는 마지막 경기를 위해서였다.

"안녕하세요." 그가 말했다. "저 또 왔어요. 망나니요."

디어드리가 발을 내려놓고 그를 쳐다보았다. 동쪽에서 해가 뜨는 것이 당연하듯, 당연한 일처럼 그녀의 얼굴에 미소가 번졌다. 그건 디어드리의 무기였다. 그녀의 미소 뒤에 있는 화나고 상처받은 사람은 자신의 그런 모습을 세상 누구에게도 보여 주지 않으리라 결심했을 것이다. 어쩌면 미시를 제외하고 말이다. 미시는 오늘 아침에 모습을 보이지 않고 있었다.

"어머, 캐리 씨잖아요." 그녀가 말했다. "번호도 자랑스럽게 다셨네요. 배 위에 당당하게요. 전보다 더 커진 것 같은데요."

"칭찬은 감사하지만 소용없어요." 그가 농담을 받아쳤다. "사람들 놀려먹으려고 집어넣은 베개일지도 모르잖아요."

스콧이 커피 한 잔을 내밀었다.

"커피 드시겠어요?"

"아뇨. 6시에 오트밀이랑 자몽 반 개를 먹고 왔어요. 코스 중반까지는 그걸로 버텨요. 나중에 음료대에 있는 크랜베리 주스 한 잔 마시려고요. 그럼 실례할게요. 스트레칭과 명상을 끝내야겠어요."

"잠깐이면 돼요." 스콧이 말했다. "사실은 커피 때문에 온 게 아니에요. 안 받을 줄 알았으니까. 실은 내기를 걸려고 왔어요."

디어드리가 왼손으로 오른쪽 발목을 잡고 등 쪽으로 들어 올리던 찰나였다. 그녀는 스트레칭을 멈추고 스콧의 이마 한가운데에 뿔이라도 난 양 그를 빤히 쳐다보았다.

"도대체 무슨 소릴 하는 거예요? 저한테 그…… 뭐랄까…… *환심*을 사려고 애쓰시는데 전혀 달갑지 않다고요. 몇 번을 말해야 알아들으시겠어요?"

"아시겠지만 환심을 사려는 행동과 친절한 행동은 분명 서로 다른 겁니다. 항상 그렇게 방어적인 태도를 좀 버리면 이해할 수 있을 텐데요."

"저는 전혀……."

"물론 나름의 이유가 있을 테니 그걸 가지고 의미론적 논쟁이나 하지는 맙시다. 내기는 간단해요. 만약 당신이 오늘 경기에서 이기면 앞으로 절대 귀찮게 하지 않을게요. 당신 개들에 대한 잔소리까지 포함해서요. 얼마든지 뷰드라이브에서 뛰어도 좋고 개들이 우리 잔디밭에 똥을 싸면 *내가* 치우겠어요. 한마디도 따지지 않을게요."

디어드리는 믿을 수 없다는 표정을 지었다.

"*만약 제가 이기면요? 만약이라고요?*"

스콧은 그 말을 무시했다.

"만약, 반대로, 내가 오늘 경기에서 이기면 당신은 미시와 같이 우리 집에 와서 저녁 식사를 해야 해요. 채식 요리요. 내가 작정하고 하면 요리를 못하지는 않거든요. 같이 앉아서 와인도 좀 마시고 이야기를 나눌 겁니다. 서먹한 분위기를 떨쳐 낸달까, 절친이 되자는 말이 아니니까 적어도 노력은 해 보죠. 제가 전문가는 아니지만, 마음의 문이 닫혀 있으면 변화가 너무 힘들잖아요……."

"*제 마음은 닫혀 있지 않아요.*"

"그래도 우리가 진짜 이웃이 될 수는 있겠죠. 제가 당신에게 설탕 한 컵 빌릴 수 있고 당신도 우리 집에서 버터 한 덩이 빌릴 수 있는 정도만요. 혹시 우리 둘 다 우승을 못 하면 무승부예요. 변하는 게 아무것도 없을 겁니다."

'레스토랑이 문을 닫고 당신들이 이 동네를 떠나기 전까지는.' 스콧은 속으로 생각했다.

"제가 확실하게 들었는지 모르겠는데, 그쪽이 저를 이기겠다고 내기하시는 거예요? 솔직히 말하죠, 캐리 씨. 당신이 방만하고 운동도 안 하는 전형적인 백인 미국 남자라는 건 몸만 봐도 알아요. 이 내기를 밀어붙이면 다리에 쥐가 나든 등허리를 삐끗하든, 아니면 심장마비가 오든, 어쨌든 당신은 쓰러지게 될 거예요. 오늘은 *아무도* 날 못 이겨요. 이제 준비운동 좀 끝낼 수 있게 그만 가 주세요."

"그러죠." 스콧이 말했다. "무슨 말인지 알겠어요. 도박을 하기가 두려운 거죠. 그럴 줄 알았어요."

다른 쪽 다리를 들어 올리던 디어드리가 발을 내려놓았다.

"세상에, 진짜 사람 미치고 팔딱 뛰겠네. 알았어요! 내기 해요. 이제 절 좀 내버려 두시죠."

스콧은 미소를 지으며 손을 내밀었다.

"악수로 동의하는 겁니다. 그렇게 해야 당신이 내뺐을 때 내가 면전에 대고 겁쟁이라고 말해도 잠자코 듣고 있을 테니까요."

디어드리는 코웃음을 치면서도 스콧이 내민 손을 한 번 굳게 쥐었다 놓았다. 잠시, 아주 짧은 찰나에 스콧은 그녀의 진짜 미소가 나오려는 순간을 포착할 수 있었다. 희미한

흔적뿐이었지만 디어드리가 마음껏 웃게 된다면 분명 아름다운 미소일 거라고 그는 생각했다.

"좋아요." 스콧은 덧붙여 말했다. "말씀 즐거웠어요."

그는 멀리 300번대 자리로 걸어가기 시작했다.

"캐리 씨."

스콧이 뒤를 돌아보았다.

"이 일을 왜 그토록 중요하게 여기는 거죠? 제가…… 우리가 당신네 남성성을 위협하기라도 하나요?"

'아뇨. 이게 중요한 이유는 내가 내년에 죽기 때문이에요.' 그는 속으로 생각했다. '죽기 전에 적어도 한 가지는 바로잡고 싶으니까. 결혼 생활은 이미 파탄이 나서 바로잡기 어렵고, 백화점 웹사이트 일도 영 가망이 없어요. 그 사람들은 자기네 사업이 자동차 시대에 발맞추지 못하던 공장들과 똑같다는 걸 모르거든요.'

스콧은 그런 내막까지 말하지는 않을 것이다. 그녀는 이해할 수 없을 테니까. 그도 그럴 것이, 스콧 자신도 완전히 이해하지 못하는데 디어드리가 어떻게 이해하겠는가?

"그냥 중요하니까요."

마침내 스콧이 대답했다.

그리고 자리를 떴다.

4장

터키 트롯

예정보다 약간 늦은 9시 10분에 더스티 코플린 시장이 참가자들 앞에 섰다. 800명이 넘는 인파가 거의 400미터 가까이 늘어서 있었다. 시장은 한 손에는 출발 신호용 권총을, 다른 손에는 건전지가 들어가는 휴대용 확성기를 쥐고 있었고 디어드리 매콤을 비롯해 참가 번호가 빠른 사람들이 앞쪽에 보였다. 스콧은 양팔을 흔들며 심호흡을 하거나 에너지 바의 마지막 조각을 씹어 먹고 있는 남녀 참가자들 틈에 끼여 300번대 자리에 서 있었다. 스콧이 아는 사람이 많았다. 그의 왼쪽에서 초록색 머리띠를 고쳐 매고 있는 여자는 동네에서 가구점을 운영하는 사람이었다.

"행운을 빌어요, 밀리."

그가 말했다.

밀리는 그를 향해 씩 미소를 지으며 양손 엄지손가락을 치켜들었다.

"당신도요."

코플린이 확성기를 들어 올렸다.

"제45회 연례 터키 트롯에 오신 것을 환영합니다! 여러분 준비되셨나요?"

참가자들이 환호로 답했다. 고등학교 밴드부 한 명이 성대하게 트럼펫을 불었다.

"그러면 좋습니다! 제자리에…… 준비하시고……."

정치인 특유의 환한 미소와 함께 시장은 신호총을 들어 올려 방아쇠를 당겼다. 총소리가 낮게 걸린 구름 사이에 울려 퍼지는 것처럼 들렸다.

"출발!"

선두에 있던 사람들이 순조롭게 앞으로 나아갔다. 디어드리는 빨간색 티셔츠 때문에 쉽게 눈에 띄었다. 나머지 주자들은 빽빽이 모여 한데 무리를 이루는 바람에 시작이 그리 순탄하지 않았다. 한 커플이 넘어져 부축을 받고 일어났다. 밀리 제이콥스도 사이클용 반바지를 입고 야구 모자를 거꾸로 쓴 두 명의 젊은 남자들 쪽으로 밀려 넘어질 뻔했다. 스콧은 그녀의 팔을 붙잡아 지탱해 주었다.

"고마워요." 그녀가 말했다. "이번이 네 번째 참가인데 출발할 때는 항상 이렇죠. 록 콘서트장 문 열릴 때랑 똑같아요."

사이클용 반바지를 입은 청년들은 기회를 엿보다 마이크 바달라멘테와 세 명의 여자들을 지나 앞질러 달려갔다. 여자들은 조깅이라도 하듯이 담소를 나누고 큰 소리로 웃으며 발맞춰 달리고 있었다.

스콧은 마이크를 따라잡아 그에게 손을 흔들었다. 마이크도 그에게 눈인사를 보내더니 자신의 왼쪽 가슴을 가볍게 두드리고 성호를 그었다.

'다들 내가 심장마비를 일으킬 거라고 생각하는군.'

그는 생각했다.

스콧에게 일어난 일이 무슨 기이한 조화인지는 몰라도 몸무게가 줄어드니까 흥미로운 일이라고, 적어도 그가 남들에게 약간 건강해 보이리라 생각했겠지만, 그건 아니올시다였다.

밀리 제이콥스가 옆에서 입꼬리를 올려 미소를 지었다. 그녀는 노라에게 거실가구 세트를 판 적이 있었다.

"시작해서 처음 30분은 재미있어요. 그다음엔 이게 대체 뭐 하는 짓인가 싶고요. 8킬로미터 지점까지 가면 지옥이에요. 그 고비를 잘 넘기면 조금 순풍을 타요. 어떤 때는요."

"어떤 때만 그렇단 말이죠, 네?"

"맞아요. 올해 그렇게 되어야 할 텐데. 완주하고 싶어요. 딱 한 번 가까스로 완주를 했거든요. 만나서 반가웠어요, 스콧."

밀리는 인사를 남기고 속도를 높여 그를 앞질러 나갔다.

스콧이 뷰드라이브에 있는 자신의 집을 지나갈 무렵에는 참가자들이 더 멀리 흩어지면서 그에게도 뛸 공간이 생겼다. 그는 안정적으로 수월하게 빠른 조깅 속도로 달렸다. 최초 1킬로미터 구간은 모두 내리막이라 그의 체력을 시험하기에 적당하지 않았다. 그래도 아직은 밀리의 말이 맞았다. 재미있었다. 호흡이 편안하고 기분도 좋았다. 지금은 그걸로 충분했다.

스콧도 몇 사람을 추월했지만 소수에 불과했다. 더 많은 사람들이 스콧을 앞질러 갔다. 500번대 참가자들도 몇 명, 600번대 참가자들도 몇 명, 그리고 셔츠가 몸에 달라붙을 정도로 굉장히 빨리 달리던 721번 참가자와 작은 프로펠러가 달린 모자를 쓴 웃기는 친구도 있었다.

스콧은 특별히 서두를 게 없었다. 적어도 아직은 그랬다. 직선으로 뻗은 구간을 달릴 때마다 디어드리가 보였다. 약 360미터 앞이었다. 그녀의 빨간색 셔츠와 파란색 반바지는 눈에 띄지 않을 수가 없었다. 디어드리도 쉬엄쉬엄 달리는 중이었다. 최소 열두 명에서 스무 명이 넘는 사람들이 그녀 앞에서 달렸지만 스콧은 의아해하지 않았다. 그녀는 초짜가 아니었다. 대다수 아마추어들과 달리 그녀는 신중하게 계획을 짰을 것이다. 스콧은 그녀가 8킬로미터나 9킬로미터까지는 다른 주자들의 속도에 맞추어 달릴 거라고 생각했다. 이후에 한 사람씩 앞지르면서 헌터 힐에 도착하기 전에 선두를 꿰차는 것이다. 흥미진진한 경기를 위해 시내에 다다르기를 기다렸다가 막판 스퍼트를 올릴 수도 있지만 스콧의 생각은 달랐다. 그녀는 이기고 떠나길 원했다.

스콧은 발걸음이 가벼워 다리에 자꾸 힘이 들어갔다. 속도를 올리고 싶은 충동을 참았다.

'빨간색 티셔츠가 시야에 들어오게만 유지해.'

그는 속으로 되뇌었다.

'노하우를 아는 사람이니까 이끄는 대로 따라가면 돼.'

뷰드라이브가와 117번 도로가 교차하는 지점에서 그는 '3K'라고 쓴 작은 주황색 표지판을 지났다. 사이클용 반바지 청년들이 앞에 보였다. 노란색 중앙선의 양편에 나누어 서서 힘차게 달리고 있었다. 두 사람이 10대 참가자 둘을 제쳤다. 스콧도 마찬가지로 10대들을 앞질렀다. 10대들은 몸은 건장해 보였지만 이미 호흡이 거칠었다. 스콧이 그들보다 앞서자 헐떡이는 말소리가 들렸다.

"저 늙고 뚱뚱한 사람이 추월하는데 보고만 있을 거야?"

10대들이 속도를 더 내더니 양옆에서 스콧을 제치며 지나갔다. 숨소리가 더욱 가빠지고 있었다.

"잘 가요. 안됐지만 난 가요!"[38]

둘 중 한 명이 으스댔다.

"고약한 심보도 가져가."

스콧이 웃으며 대꾸했다.

그는 편안하게 달리며 큰 보폭으로 차곡차곡 길을 밟아 나갔다. 호흡도 여전히 좋았고 심박수도 마찬가지였다. 그럴 수밖에 없지 않은가? 스콧은 보기보다 45킬로그램이나 덜 나갔다. 예전 체중의 절반밖에 안 된다. 나머지 절반은 109킬로그램의 남자를 지탱하는 근력으로 남았다.

---

38 See ya, wouldn't wanna be ya! 직역하면 '잘 가, 네가 되고 싶지는 않아!'라는 의미로, 자신이 상대방보다 나은 처지에 있을 때 상대방을 놀리기 위해 사용하는 말장난.

117번 국도는 이중 커브길을 지나 곧장 보위 개천 바로 옆으로 이어졌다. 돌멩이투성이의 얕은 강바닥을 흐르는 강물이 졸졸 웃음소리를 냈다. 스콧은 개천에서 이보다 듣기 좋은 소리가 난 적은 없다고, 폐 속 깊이 들이마신 안개 낀 공기가 이보다 맛있던 적이 없다고, 길 건너편에 조밀하게 모여 있는 커다란 소나무들이 이보다 좋아 보인 적이 없다고 생각했다. 그는 소나무의 톡 쏘면서도 생기 있고 다소 풋풋한 내음을 맡을 수 있었다. 들이마실 때마다 매번 호흡이 더 깊어져서 스스로 자제해 가며 들이켜야 했다.

'이런 날에 내가 살아 있다니 정말 다행이다.'

그는 생각했다.

개울을 건너는 지붕 있는 다리에 들어서기 전, 6킬로미터 지점임을 알리는 주황색 표지판이 눈에 띄었다. 표지판 너머로 '결승까지 절반!'이라는 글씨가 보였다. 다리 안에서 스콧의 발소리가 쿵쾅거리며 울렸다. 그의 귀에는 그 소리가 진 크루파[39]의 드럼롤[40] 연주처럼 아름답게 들렸다. 놀란 제비들이 지붕 밑을 우왕좌왕했다. 한 마리가 스콧의 얼굴

---

[39] 미국의 재즈 밴드 리더이자 드러머.

[40] 드럼을 연타하여 울림을 이어 나가듯이 연주하는 기법.

로 날아들어 이마에 대고 날개를 파닥거렸다. 스콧은 큰 소리로 웃었다.

저쪽 난간 위에 사이클용 반바지 청년 한 명이 앉아 있는 게 보였다. 그는 숨을 헐떡거리며 쥐가 난 장딴지를 주무르고 있었는데 스콧이나 다른 사람들이 지나가도 고개를 들지 않았다. 117번 국도와 119번 국도의 교차로에 다다랐다. 참가자들은 경기를 이어가기 전에 음료대 주변에 모여 물, 게토레이, 종이컵에 든 크랜베리 주스를 벌컥벌컥 마셨다.

초반 6킬로미터에 사력을 쏟아부은 여덟아홉 명의 주자는 잔디 위에 큰대자로 뻗어 있었다. 그들 중에 팻시의 식당에서 대치했던 공공사업 직원, 황소 모가지 트레버 욘트를 발견한 스콧은 아주 기분이 좋았다.

스콧은 '캐슬록 자치 타운 경계'라고 적혀 있는 표지판을 통과했다. 119번 국도가 배너맨 로드로 바뀌는 지점이다. 타운에서 가장 오래 복무한 보안관의 성을 딴 국도였다. 그 불운한 양반은 타운의 어느 시골길에서 비참한 최후를 맞았다.[41]

이제 속도를 낼 때가 되었다. 스콧은 주황색 '8K' 표지판을 통과하는 동시에 기어를 1단에서 2단으로 올렸다.[42] 문제없었다. 혈행으로 데워진 피부에 바람이 닿자 비단으로 문지르는 듯 시원하고 기분이 좋았다. 그는 가슴속의 작고 튼튼한 엔진처럼 느껴지는 자신의 심장도 마음에 들었다. 어느덧 길 양편에 늘어선 집과 사람들이 보였다. 앞마당에 나와 서 있는 이들, 피켓을 들고 있거나 사진을 찍는 이들이 보였다.

밀리 제이콥스도 보였다. 그녀는 여전히 달리고는 있었으나 속도가 처지기 시작하고 있었다. 땀에 젖은 그녀의 머리띠가 짙은 초록색이 된 것이 보였다.

"순풍은 어떻게 됐어요, 밀리? 좀 받았어요?"

그녀는 확연히 놀란 눈빛으로 그를 돌아보았다.

"세상에나, 어떻게 이런 일…… 당신이네." 밀리가 숨을 헐떡이며 말했다. "내가 완전히…… 앞선 줄 알았는데."

"힘을 좀 짜냈죠." 스콧이 말했다. "여기서 그만두지 말아요. 밀리, 이제 좀 더 버티면 좋아질 건데."

어느새 그녀는 스콧의 뒤로 밀려나 있었다.

길은 낮은 오르막 언덕들로 계속 이어지며 고도가 올라

---

41 스티븐 킹의 『쿠조(Cujo)』에서 광견병에 걸린 개에 의해 죽임을 당하는 인물이다.

42 스콧의 달리기 속도를 자동차에 빗대어 표현하고 있다.

갔다. 그리고 스콧은 더 많은 주자들을 제치기 시작했다. 완주를 포기한 사람들도 있었고 계속해서 달리는 사람들도 있었다. 후자에 해당하는 이들 중에는 스콧 때문에 아주 잠깐이나마 충격을 받았던 10대 두 명도 보였다. 꾀죄죄한 운동화에 낡은 테니스 반바지를 걸친 뚱뚱한 중년 아저씨가 자신들을 앞질러 나갔으니 말이다. 스콧을 흘긋 쳐다본 10대 둘은 동시에 경악의 표정을 지었다. 스콧이 기분 좋게 웃으며 말했다.

"잘 가요. 안됐지만 난 가요!"

둘 중 하나가 스콧에게 손가락 욕을 날렸다. 그는 답례로 손 키스를 보내고 자신의 꾀죄죄한 운동화 뒤꿈치를 보여주며 앞으로 나아갔다.

* * *

스콧이 9킬로미터 구간에 진입하자 서쪽에서 동쪽으로 가로질러 하늘에서 큰 소리로 천둥이 울었다.

'좋지 않은 징조인데.' 그는 생각했다.

11월의 천둥은 루이지애나에서라면 괜찮을지 몰라도 메인에서는 그렇지 않았다.

스콧은 굽이굽이 달려서 깡마르고 늙은 황새처럼 생긴 사내를 따라잡았다. 그는 두 주먹을 가슴 앞에 움켜쥐고 고개를 뒤로 젖힌 채로 뛰고 있었다. 흰색 민소매 티셔츠를 입은 탓에 물고기 배처럼 허연 두 팔을 치장한 오래된 타투가 드러나 보였다. 사내가 멍청한 미소를 지었다.

"아까 천둥소리 들었소?"

"네!"

"비가 억수로 내리겠어! 뭐 이런 날이 다 있나?"

"정말 그러네요." 스콧이 소리 내어 웃으며 말했다. "제일 멋진 날이에요!"

그렇게 말하고 앞서가려던 그는 깡마르고 늙은 사내에게 궁둥이를 아주 찰싹 소리 나게 맞고 나서야 그의 옆을 통과할 수 있었다.

이제 길이 곧게 이어지고 있었다. 스콧은 일명 '주자의 비탄', 헌터 힐 중턱을 달리는 빨간색 셔츠와 파란색 반바지를 포착했다. 디어드리의 앞에는 이제 겨우 대여섯 명의 참가자가 달리고 있었다. 두어 명 정도가 이미 언덕 꼭대기를 넘어갔을 수도 있겠지만 스콧은 그럴 리 없다고 생각했다.

이제는 더 빠른 기어로 바꿀 때였다.

그렇게 속도를 올린 끝에 스콧은 어느덧 진지하게 달리

는 주자들, 그레이하운드[43]들의 틈에 끼게 되었다. 하지만 그들 대다수도 지치기 시작했거나 급경사를 대비해 힘을 아끼고 있었다. 땀에 젖은 티셔츠 위로 배가 불룩하게 나온 중년 남자인 스콧이 선두 그룹을 누비며 앞서 달리자 믿을 수 없다는 시선이 쏟아졌다.

헌터 힐로 올라가는 도중에 스콧의 호흡이 가빠졌다. 들이마시고 내뱉는 공기에서 뜨겁고 매캐한 맛이 났다. 두 발이 무거웠고 장딴지는 불이 난 것 같았다. 왼쪽 사타구니에서 뭔가 당기듯이 묵직한 고통이 느껴졌다. 언덕의 나머지 절반 코스는 영원히 끝나지 않을 것처럼 보였다. 스콧은 밀리가 한 말을 떠올렸다. 처음에는 재미있는데 다음에는 무슨 짓인가 싶고, 그리고 나면 지옥이라고 했다. 지금은 무슨 짓인가 싶은 구간일까, 아니면 지옥 구간일까? 스콧은 그 둘의 경계일 거라고 결론을 내렸다.

스콧은 (가능성을 배제하지 않았지만) 자신이 정말로 디어드리 매콤을 이길 수 있을 거라 예상한 적은 없었다. 다만 그가 했던 예상은 선두 그룹 근처에서 완주하리라는 정도였다. 예전의 육중한 몸을 지탱하는 근력이면 그 정도는 해내

---

43 선두 그룹을 가장 빠른 견종인 그레이하운드에 비유하고 있다.

리라 믿었다. 그는 완주를 포기한 두 참가자를 지나쳐 달렸다. 한 사람은 고개를 떨군 채 주저앉아 있었고 다른 사람은 벌러덩 드러누워 숨을 헐떡였다. 이제 스콧은 자신이 예상했던 대로 해낼 수 있을지 의구심이 들기 시작했다.

'내 몸은 아직도 너무 무거운 게 아닐까.' 그는 생각했다. '그냥 내겐 이걸 해낼 용기가 없는 걸지도 모르지.'

또 한 번 천둥이 울렸다.

헌터 힐의 꼭대기가 전혀 가까워질 기미를 보이지 않았기 때문에 그는 고개를 숙여 땅을 쳐다봤다. 도로에 깔린 자갈들이 공상과학 영화에 나오는 은하들처럼 눈앞을 스쳐 지나갔다. 그는 하마터면 노란색 중앙선 양편에 발을 나누어 디딘 빨강 머리 주자를 미처 보지 못하고 부딪힐 뻔했다. 여자는 두 무릎으로 땅을 짚은 채 헐떡이고 있었다. 가까스로 여자를 피하고 보니 50미터 앞에 헌터 힐의 정상이 눈에 들어왔다. '10K'라고 쓴 예의 주황색 표지판도 보였다. 그는 표지판에 시선을 고정하고 달렸다. 이제는 숨을 헉헉거리는 걸 넘어 숨이 막힐 지경이었다. 42년 세월의 무게가 한발 한발 밀려왔다. 왼쪽 사타구니의 묵직한 통증에 맞추어 왼쪽 무릎도 고통을 호소하기 시작했다. 땀이 뜨거운 물처럼 뺨을 타고 흘러내렸다.

'넌 이걸 하는 거야. 이걸 *해낼* 거야. 무슨 일이 있어도. 도대체 못 할 이유가 뭐야?'

이러다가는 2월이나 3월이 아니라 오늘이 '0의 날'이 되게 생겼다.

'그러라지, 뭐.' 그는 그래도 좋다고 생각했다.

스콧은 표지판을 지나 정상에 올랐다. 오른쪽에는 퍼디의 목재 야적장이, 왼쪽에는 퍼디의 철물점이 있었다. 그는 잠시 숨을 돌렸다.

아래로 시내가 내려다보였다. 도로 양편에 스무 개 남짓 되는 가게마다 색색의 장식용 현수막이 걸려 있었다. 그 와중에 가톨릭교회와 감리교회의 현수막들은 「신의 총잡이」라는 영화라도 찍는 듯이 대치하고 있었다. 빈자리 하나 없이 꽉 찬 주차장, 인파로 꽉 막힌 인도, 그리고 두 개의 교통 신호등이 눈에 들어왔다. 밝은 노란색 테이프에 칠면조를 묶어 장식한 결승선이 두 번째 신호등 너머, 틴 대교에 보였다.

이제 스콧의 앞에는 예닐곱 명의 주자만이 뛰고 있었다. 2등으로 달리는 빨간색 셔츠를 입은 주자가 선두와의 거리를 좁혀 갔다. 디어드리가 행동을 개시한 것이다.

스콧은 그녀를 절대 따라잡을 수 없을 거라고 생각했다.

디어드리는 너무나 앞서 있었다. 망할 놈의 언덕은 스콧을 끝장내지는 못했지만 그의 기세를 제법 꺾어 놓았다.

스콧은 숨통이 다시 트였다. 호흡이 점차 길어졌다. 그동안 그의 (눈이 부시게 하얀 아디다스가 아닌 지저분하고 낡은 퓨마) 운동화에 붙어 있던 묵직한 납이 떨어져 나가는 기분이었다. 몸 전체에 가뿐한 기운이 돌았다. 바로 밀리가 말한 순풍이었다. 디어드리 같은 프로 선수들은 이걸 러너스 하이라고 부르는 게 분명했다. 스콧은 러너스 하이라는 이름이 더 마음에 들었다. 그는 일전에 앞마당에서 무릎을 풀어 준 다음 뛰어올라 나뭇가지를 붙잡았던 날을 떠올렸다. 야외무대 계단을 오르내렸던 일, 그리고 스티비 원더의 노래 「미신」을 틀어 놓고 부엌 바닥을 누비며 춤을 췄던 일도 생각이 났다. 다 똑같은 거였다. 바람도 아니고 희열도 아니다. 고양이었다. 자기 자신을 초월하여 더 멀리 상승하는 감각.

스콧은 한쪽에 오리어리의 포드 대리점, 다른 쪽에는 조니의 슈퍼마켓을 두고 헌터 힐을 내려갔다. 주자를 한 명씩 한 명씩 추월해 어느덧 네 명을 제쳤다. 그는 자신이 앞질러 갈 때마다 쳐다보는 참가자들의 시선도 개의치 않았다. 스콧은 오로지 빨간색 셔츠와 파란색 반바지에만 주의를 집중했다.

디어드리가 선두를 꿰찼다. 그러자 머리 위에서 또 천둥이 쳤다. 하느님의 출발 신호탄이었을까. 스콧은 가장 먼저 목 뒷덜미에 빗물의 차가운 감촉을 느꼈다. 그의 한쪽 팔에 한 번 더 빗방울이 떨어졌다. 빗방울은 도로에도 떨어져 작은 동전 크기의 물방울 자국을 짙게 남기고 있었다. 메인가의 양편에 관중들이 있었지만 결승선까지는 1.6킬로미터쯤 남았고, 시내의 인도가 시작하는 지점까지는 800미터가 남은 상황이었다.

스콧은 만개하는 꽃처럼 펼쳐지는 우산들을 바라보았다. 너무 아름다웠다. 어두워진 하늘, 도로 위의 자갈, 터키 트롯의 마지막 1킬로미터를 알리는 주황색 표지판까지 모든 것이 아름다웠다. 세상이 또렷이 보였다.

스콧의 앞에서 달리던 참가자가 갑자기 가던 길에서 벗어나 무릎을 꿇더니 땅에 등을 대고 쓰러졌다. 입을 벌린 채로 비가 내리는 하늘을 향해 누운 그의 몸이 고통에 겨워 활처럼 휘었다. 이제 디어드리와 스콧 사이에는 두 명의 주자만 남았다.

스콧은 마지막 표지판이 서 있는 지점을 통과했다. 이제 1킬로미터가 남았다. 1마일도 안 되는 거리다. 그는 1단에서 2단으로 속력을 올렸다. 양쪽 인도에서 관중들이 환호를 보냈다. 터키 트롯 기념 깃발을 흔드는 이들도 있었다. 인도가 시작되는 지점이다. 바야흐로 스콧이 (3단 기어가 아니라) 오버드라이브[44]를 쓸 수 있는지 시험해 볼 때가 된 것이다.

'달려라, 이 자식아.'

그는 속도를 올렸다.

비는 잠시 그치는 듯했다. 스콧은 경주가 끝날 때까지 다시 비가 오지 않을 줄 알았다. 그런데 갑자기 비가 미친 듯이 퍼부었다. 관중들을 쫓기듯이 차양 아래에 숨거나 현관으로 달려갔다. 시야가 20퍼센트, 10퍼센트, 그리고 거의 0에 가깝게 흐려졌다. 스콧은 차가운 비를 아주 기분 좋게 맞았다. 거의 신성함이 느껴지는 비였다.

스콧은 주자 한 명을 따라잡았다. 그리고 한 명을 더 추월했다. 두 번째 주자는 디어드리에게 선두를 뺏긴 참가자였다. 그는 속도를 늦춰 빗물이 쏟아지는 도로를 첨벙거리며 걸었다. 그리고 흠뻑 젖어 몸에 찰싹 달라붙은 셔츠 허리에 손을 얹었다.

---

[44] 자동차에 설치된 자동 증속 장치로 순간 가속을 하여 추월하거나 언덕을 오를 때 사용한다.

스콧은 회색의 빗물 커튼 사이로 저 앞에 빨간색 셔츠를 보았다. 그에게는 디어드리를 추월할 수 있을 만큼의 기력이 남아 있었지만, 자신이 경기를 마치기도 전에 경주가 끝날 거라는 생각을 했다. 메인가 맨 끝에 보여야 할 교통 신호등이 사라지고 없었다. 틴 대교도, 다리에 쳐 놓은 노란 결승선도 보이지 않았다. 이제는 그와 디어드리뿐이었다. 두 사람만이 한 치 앞도 안 보이는 폭우를 헤치며 달리고 있었다. 그리고 스콧은 그의 삶에서 한 번도 느껴 보지 못했던 행복감을 만끽하고 있었다. 다만 '행복'이라는 말로는 부족했다. 스콧은 자신이 가진 체력의 극치를 경험했다. 신세계였다.

그는 만사가 다 이와 통한다고 생각했다. 이 고양과 연결되어 있다고 말이다. 죽음이라는 것이 이런 느낌이라면 우리는 죽음을 기꺼운 마음으로 받아들여야 한다.

스콧은 디어드리가 뒤돌아보는 모습을 알아볼 수 있을 만큼 가까이에 있었다. 디어드리가 고개를 돌리자 비에 젖어 죽은 물고기처럼 늘어진 말총머리가 그녀의 어깨 위에 안착했다. 자신을 추월하려는 사람이 누구인지 깨달은 그녀는 놀라서 눈을 크게 떴다. 그녀는 앞을 보고 고개를 낮췄다. 그리고 더욱 속력을 냈다.

스콧은 처음엔 디어드리와 같은 속도로 달렸다. 그러다 그녀보다 속도가 빨라졌다. 따라잡고, 따라잡아서 어느덧 디어드리의 흠뻑 젖은 셔츠 등에 손이 닿을 정도로, 그녀의 목덜미에서 개울처럼 흘러내리는 빗물을 볼 수 있을 만큼 거리를 좁혔다. 으르렁거리는 폭풍우 소리에도 빗물을 뚫고 뿜어내는 그녀의 헐떡임을 들을 수 있을 정도였다. 디어드리는 보였지만 두 사람이 함께 달려온 도로변의 건물들이나 교통 신호등, 다리는 보이지 않았다. 스콧은 자신이 메인가 어디쯤에 있는지, 지표물의 도움을 받지 못하는 상황에서는 도저히 알 수가 없었다. 그의 유일한 지표물은 디어드리의 빨간색 셔츠였다.

디어드리가 또 뒤를 돌아보았다. 그건 실수였다. 그녀는 왼쪽 발에 오른 발목이 걸려 넘어졌다. 그녀는 수영장에서 배치기 다이빙을 하는 아이처럼 두 팔을 뻗은 채로 사방에 빗물을 튀기며 앞쪽으로 미끄러졌다. 스콧은 그녀가 한숨을 쉬며 앓는 소리를 들었다. 분노와 상처의 고통이 얼굴에 드러났다.

"무슨 속임수를 썼죠?" 그녀가 가쁘게 숨을 쉬며 물었다. "빌어먹을, 어떻게 속임수를 쓸 수가……."

스콧이 그녀를 붙잡았다. 번개가 번쩍이는 바람에 그가

움찔 놀랐다.

"일어나요."

그는 다른 팔로 그녀의 허리를 감싸 들고 계속 달렸다.

디어드리의 눈이 휘둥그레졌다. 또다시 빛이 번쩍했다.

"세상에, 뭐 하는 거예요? 도대체 어떻게 된 거예요?"

스콧은 그 말을 못 들은 척했다. 그녀의 발이 허공에서 허우적댔다. 도로는 이제 3센티미터 깊이의 흐르는 빗물 속에 잠겨 있었다. 스콧은 어떻게 된 일인지 알고 있었다. 그녀를 위해서는 멋진 일이라고 생각했지만 그에게는 사정이 달랐다. 디어드리는 그녀의 기준에서 가벼운 사람이었다. 어쩌면 가벼운 것 이상이라 생각할지 모른다. 하지만 스콧에게는 무거운 축에 속했다. 그녀의 호리호리한 몸은 모두 근육과 힘줄로 되어 있었다. 스콧이 그녀를 놓아주었다. 그는 여전히 틴 대교를 볼 수 없었지만 노란색 줄이 희미하게나마 눈에 들어왔다. 결승선 테이프가 분명했다.

"가요!" 스콧은 결승선 쪽을 가리키며 소리쳤다. "뛰어요!"

디어드리가 뛰었다. 스콧도 그녀를 뒤따랐다. 디어드리가 결승선 테이프를 끊었다. 번개가 번쩍했다. 빗속으로 양손을 치켜든 스콧이 다음으로 들어왔다. 틴 대교 위를 달리는 스콧의 속도가 점점 느려졌다. 그는 반쯤 엎드려 있는 디어드리를 발견했다. 그리고 옆에 가서 털썩 주저앉았다. 두 사람은 빗물밖에 없는 허공에 대고 가쁜 숨을 몰아쉬었다.

디어드리가 스콧을 바라보았다. 그녀의 얼굴에 눈물처럼 보이는 물줄기가 흘렀다.

"어떻게 된 거예요? 세상에, 전혀 무게가 안 나가는 것처럼 나를 한 팔로 들어 올렸잖아요!"

스콧은 닥터 밥을 처음 찾아갔던 날, 파카 주머니에 넣었던 동전을 떠올렸다. 9킬로그램짜리 아령을 양손에 하나씩 들고 욕실 체중계 위에 올라갔던 일도 생각났다.

"당신이 해냈어요."

스콧이 말했다.

"디디! *디디!*"

미시였다. 그녀는 두 사람을 향해 달려왔다. 미시가 두 팔을 내밀자 디어드리가 빗물을 튀기며 달려가 아내를 안았다. 둘은 비틀거리며 하마터면 쓰러질 뻔했다. 스콧이 두 팔을 뻗어 두 사람을 붙잡는 시늉을 했지만 실제로 손이 닿지는 않았다. 또 한 번 빛이 번쩍했다.

사람들이 그들을 찾아 몰려들었다. 그리고 세 사람은 빗속에서 박수를 치는 캐슬록의 주민들에게 둘러싸였다.

5장

경주가 끝나고

그날 밤, 스콧은 뭉친 근육을 풀어 주기 위해서 욕조 가득 최대한 뜨거운 물을 받아 몸을 담그고 있었다. 휴대전화 벨소리가 울리자 그는 욕조 옆 의자 위에 접혀 있는 깨끗한 수건 밑을 더듬었다.

'통화도 못 할 정도로 힘들어 죽겠군.' 그는 생각했다.

"여보세요?"

"캐리 씨, 디어드리 매콤이에요. 저녁 식사는 언제로 정할까요? 다음 주 월요일이면 좋겠는데요. 저희 레스토랑이 월요일마다 휴업이거든요."

스콧이 미소를 지었다.

"내기를 잘못 이해한 것 같은데요, 매콤 씨. 당신이 이겼어요. 그러니 당신 개들은 이제 마음껏 우리 집 잔디를 누벼도 돼요. 앞으로 영원히요."

"내가 이긴 게 아니라는 건 피차 알고 있잖아요." 디어드리가 말했다. "사실, 당신이 경주를 포기했죠."

"당신은 우승할 자격이 있었거든요."

그녀가 소리 내어 웃었다. 스콧은 디어드리의 웃음소리를 처음 들어 보았다. 매력적이었다.

"제 고등학교 육상 코치가 그런 감상적인 말을 들었다면 자기 머리를 쥐어뜯었을 거예요. 자격이 있고 없고는 결과와 아무 상관이 없다고 말하곤 했거든요. 어쨌든 제가 이긴 걸로 하죠. 만약 저녁 식사에 초대해 준다면요."

"그렇다면 채식 요리를 복습해야겠네요. 저도 다음 주 월요일에 시간이 될 것 같군요. 아내분과 같이 오세요. 다만 시간은 7시쯤이 좋겠는데, 어때요?"

"좋아요. 미시도 꼭 간다고 할 거예요. 그리고……" 디어드리가 머뭇거렸다. "제가 한 말, 사과하고 싶어요. 당신이 속임수를 썼다고 생각하지 않아요."

"사과할 일도 아닌데요."

스콧이 말했다. 진심이었다. 어떻게 보면 그가 속임수를 쓰긴 했기 때문이다. 일부러 그런 건 아니었지만.

"그것 때문이 아니라도 당신을 대한 태도는 사과해야겠어요. 그럴 만한 상황이었다고 변명할 수도 있지만 미시 말로는 그럴 여지가 없다고 하네요. 그 말이 맞을 거예요. 저한테 어떤…… 사고방식들이 있는데…… 그걸 바꾸기가 쉽지 않아서요."

그는 어떤 말을 해 줘야 할지 생각이 나지 않았다. 그래서 화제를 바꿨다.

"둘 다 글루텐 프리[45]인가요? 유당불내증[46]은요? 당신이나 미시, 도널드슨 씨가 못 먹는 걸 요리하면 곤란하니까 알려 줘야죠."

디어드리가 또 웃음을 터뜨렸다.

"육류나 생선만 안 먹어요. 그게 다예요. 그 외에는 전부 식탁에 올리셔도 돼요."

"계란도요?"

"계란도 돼요. 캐리 씨."

---

[45] 밀이나 곡류에 포함된 식물성 단백질인 글루텐을 포함하지 않는 식단.

[46] 선천적으로 유당을 소화하는 효소가 부족하여 우유처럼 젖당이 풍부한 음식을 분해하거나 흡수하기 어려운 증상.

"스콧요, 스콧이라고 불러 주세요."

"그럴게요. 그럼 저는 디어드리라고 부르세요. 디디라고 하시든지요. 우리 개, 디하고 헷갈리지 않게요."[47]

디어드리가 잠시 주저하더니 말했다.

"식사하면서, 절 들어 올렸을 때 무슨 일이 있었던 건지 설명해 줄 수 있어요? 저도 뛸 때면 신기한 기분을 느껴요. 이상한 자각을 하게 되죠. 달리기하는 사람은 모두 똑같은 이야기를 할 거예요."

"저도 약간 느꼈죠." 스콧이 말했다. "헌터 힐을 통과하고 부터 모든 것이 아주…… 기이했어요."

"하지만 그런 느낌을 받은 건 처음이었어요. 잠깐이었지 만 내가 우주 정거장 같은 곳에 있는 기분이 들었거든요."

"알았어요, 설명하죠. 단, 닥터 엘리스라고, 그 일에 대해 서 알고 있는 내 친구도 초대하고 싶어요. 그 사람 부인도 시간이 되면 같이 올 거고요."

스콧은 '부인이 오겠다고 하면'이라는 표현을 쓰고 싶 지 않았다.

---

47 '디어드리'를 줄인 애칭인 '디'라고 부르게 되면 개의 이름 '디'와 똑같기 때문이다.

"좋아요. 그럼 월요일에 봬요. 아, 《프레스 헤럴드》[48] 꼭 찾아보세요. 물론 신문은 내일이나 되어야 나오겠지만 인터넷에는 올라가 있어요."

'물론 그렇겠지.' 스콧은 생각했다. '21세기에 어울리지 않게 종이 신문이라니.'

"그러죠."

"그게 번개였을까요? 마지막에요."

"그런 것 같아요."

스콧이 말했다.

땅콩버터에 젤리가 어울리듯이, 번개는 천둥과 어울리는 법이다.

"저도 그렇게 생각했어요."

디디 매콤이 말했다.

* * *

스콧은 옷을 입고 컴퓨터를 켰다. 기사는 《프레스 헤럴드》 인터넷판의 전면에 실려 있었다. 스콧은 그 기사가 토

---

48 메인주의 지역 신문 《포틀랜드 프레스 헤럴드(Portland Press Herald)》.

요일 신문의 전면에 인쇄되어 나올 거라고 확신했다. 뭔가 새로운 재난이 일어나지 않는 한 1면 상단부를 차지할 것이라고.

헤드라인은 이러했다. **캐슬록 터키 트롯에서 우승한 지역 레스토랑 주인.** 기사에 따르면 지역 주민이 경주에서 이긴 건 1989년 이후 처음이었다. 인터넷상으로는 사진이 두 장뿐이었다. 스콧은 토요일 신문에 더 많은 사진이 실릴 거라고 짐작했다. 마지막에 번쩍였던 빛은 번개가 아니었던 것이다. 그건 신문사의 사진기자였다. 게다가 그는 폭우에도 불구하고 A급 사진을 찍어 놓았다.

첫 번째 사진에는 디어드리와 스콧이 함께 찍혔다. 두 사람 뒤로 틴 대교 교통 신호등의 희미한 붉은 빛이 보였다. 그 말은 디어드리가 결승선에서 60미터도 안 되는 지점에서 넘어졌다는 뜻이었다. 스콧이 그녀의 허리에 팔을 두르고 있었다. 젖은 말총머리가 일부 그녀의 뺨에 붙어 있었다. 스콧을 올려다보는 디어드리의 얼굴에는 기진맥진한 와중에도 놀란 기색이 역력했다. 스콧은 그녀를 내려다보며…… 미소 짓고 있었다.

친구의 도움으로 완주한 그녀. 이런 표제와 함께 첫 번째 사진 밑에 해설이 있었다.

같은 캐슬록 주민 스콧 캐리가 디어드리 매콤을 도와 일으켜주고 있다. 그녀는 결승선을 눈앞에 두고 비에 젖은 도로에 넘어졌다.

두 번째 사진은 표제가 승리의 포옹이었다. 디어드리 매콤, 멜리사 도널드슨, 그리고 스콧 캐리, 세 사람이 사진 속에 들어가 있었다. 디어드리와 미시가 포옹을 하고 있었다. 사실 스콧은 손을 뻗어 두 사람이 넘어지지 않도록 양팔로 주위를 에워싸는 중이었는데 마치 포옹에 동참하려는 듯한 모습으로 찍힌 것이었다.

기사의 본문에서는 디어드리와 '그녀의 파트너'가 운영하는 레스토랑을 언급하고 지난 8월에 기사화되었던 리뷰를 인용했다. '반드시 경험해 봐야 할 채식주의자 요리법과 텍사스-멕시코식 감각, 발품을 들여 가 볼 만한 가치가 있는 음식'이라고 그들의 요리를 평하고 있었다.

고양이 빌 D.는 스콧이 컴퓨터 책상에 앉자 언제나처럼 작은 탁자에 걸터앉아 자신의 애완 인간을 묘한 초록색 눈으로 지켜보았다.

"있잖아, 빌." 스콧이 말했다. "이렇게 했는데 손님이 없다면 말이 안 되는 거겠지."

그는 욕실로 가서 체중계 위에 올라섰다. 결과가 놀랍지는 않았다. 62킬로그램이었다. 오늘 일로 분투한 탓일 수도 있지만 그는 그게 아니란 걸 알았다. 경기 중에 신진대사를 더 빠른 기어로 (마지막에는 오버드라이브까지) 활성화하는 바람에 그의 몸에 일어나고 있는 현상도 더 빠르게 진행되고 있었다.

그는 '0의 날'이 예상보다 몇 주 앞당겨질지 모르겠다는 생각이 들기 시작했다.

* * *

마이라 엘리스는 남편과 함께 저녁 식사에 참석했다. 처음에는 소극적인 태도를 보여 겁을 먹었나 싶었다. 미시 도널드슨도 마찬가지였다. 그러나 스콧이 치즈, 크래커, 그리고 올리브와 함께 준비한 피노 와인 한 잔이 두 사람의 긴장을 풀어 주었다. 그리고 기적이 일어났다. 둘 다 진균학에 관심이 있다는 사실을 알게 되자 식사 시간 내내 식용 버섯 이야기를 하며 보냈다.

"어쩌면 그렇게 버섯을 잘 알아요?" 마이라가 감탄했다. "혹시 요리학교를 다녔는지 물어봐도 될까요?"

"맞아요. 디디를 만나고 나서요. 결혼하기 한참 전의 일이에요. ICE[49]를 다녔는데. 그게……."

"뉴욕에 있는 요리학교잖아요!"

마이라가 탄성을 질렀다. 주름 장식이 달린 그녀의 실크 블라우스에 음식 부스러기가 조금 떨어졌다.

"유명한 학교인데! 어머나 세상에. 너무 *부럽다*!"

디어드리는 미소를 지으며 두 사람을 바라보고 있었다. 닥터 밥도 마찬가지였다. 잘된 일인 것 같았다.

스콧은 그날 아침 근처에 있는 한나포드에 다녀왔다. 그는 노라가 놓고 간 『요리의 즐거움』[50]을 쇼핑 카트에 달린 유아용 의자에 펼쳐 놓고 장을 봤다. 만사가 그렇듯 질문을 많이 하고 사전 조사도 한 덕분에 순조롭게 준비를 마칠 수 있었다. 그는 채식 시금치 라자냐에 마늘 토스트를 곁들여 상을 차렸다. 디어드리가 한두 덩이도 아니고 세 덩이나 먹는 걸 보니 (놀랍지는 않았고) 흐뭇했다. 그녀는 아직도 경주 후의 여파가 남아 있어 탄수화물로 배를 채우고 있었다.

"후식은 가게에서 사 온 파운드 케이크예요." 스콧이 말했다. "하지만 초콜릿 휘핑크림은 제가 직접 만들었죠."

---

49 Institute of Culinary Education. 미국 뉴욕의 명문 요리학교.

50 1931년에 출간된 이래로 꾸준히 인기를 누리고 있는 미국의 유명한 요리책.

"어릴 때 이후론 못 먹어 봤어." 닥터 밥이 말했다. "특별한 날이면 우리 어머니가 만들어 주셨는데, 우린 그걸 초코 크림이라고 불렀지. 대령해 보게, 스콧."

"키안티 포도주도 있습니다."

스콧이 덧붙였다.

디어드리가 박수를 쳤다. 볼이 붉게 물들고 눈이 반짝거렸다. 신체의 모든 부분이 최대로 활성화되어 작동하고 있는 것이 분명했다.

"그것도 대령하세요!"

훌륭한 식사였다. 그는 노라가 떠난 후 처음으로 노력을 쏟아 뭔가를 멋지게 해냈다. 손님들이 먹고 떠드는 모습을 지켜보면서 스콧은 빌과 단둘이 거닐기에 집 안이 얼마나 공허했던가를 깨달았다.

다섯 명이 파운드케이크 하나를 해치우고 난 후 스콧이 접시를 치우기 시작했다. 마이라와 미시가 자리에서 일어났다.

"우리가 할게요." 마이라가 말했다. "요리를 혼자 다 하셨으니까."

"그러실 것 없어요, 부인." 스콧이 말했다. "그냥 전부 개수대에 쌓아 놨다가 나중에 식기 세척기에 넣을 거예요."

스콧은 후식 접시를 부엌으로 가져가 조리대 위에 쌓았다. 그러고 나서 돌아서 보니 디어드리가 웃으며 서 있었다.

"혹시 일자리 찾으세요? 미시가 부주방장을 구하고 있거든요."

"미시를 따라잡기는 어려울 것 같네요." 스콧이 말했다. "그래도 기억해 둘게요. 주말에는 장사가 어때요? 미시가 일손이 필요할 정도면 잘되나 봐요?"

"매진이에요." 디어드리가 대답했다. "테이블 전부 다요. 외지 사람들도 있지만 록에서도 사람들이 오죠. 적어도 우리 동네에서는 안면도 없는 사람들이에요. 앞으로 구십일은 예약이 꽉 찼어요. 개업을 다시 하는 기분이랄까. 사람들이 우리가 뭘 파나 궁금해서들 오는 시기 같아요. 음식이 맛있지 않거나 그저 그러면 대부분 다시 찾지 않죠. 그래도 미시가 만든 음식은 그저 그런 맛 이상으로 아주 많이 맛있으니까 다시 찾아올 거예요."

"대회에서 우승한 영향이 있군요, 그렇죠?"

"사진 덕분이죠. 그리고 스콧이 아니었다면 그 사진은 달리기에서 이긴 동성애자 사진으로 남았을 거예요. 큰 차이가 있죠."

"스스로에게 너무 야박한 것 같은데요."

그녀가 웃으며 고개를 가로저었다.

"그렇지 않아요. 마음 단단히 먹어요, 덩치 큰 양반아. 지금 포옹을 할 참이니까."

그녀가 다가가자 스콧은 양손을 들어 손바닥이 보이게 내밀며 뒤로 물러섰다. 디어드리의 표정이 어두워졌다.

"당신 때문이 아니에요." 그가 말했다. "정말이에요. 저도 정말 포옹하고 싶어요. 우린 그럴 자격이 있죠. 하지만 안전하지 않을 수 있어서 그래요."

와인 잔을 모아 들고 들어오던 미시가 부엌 입구에 우두커니 서 있었다.

"왜 그래요, 스콧? 당신한테 무슨 문제라도 생긴 거예요?"

그가 씩 웃었다.

"그렇게 말할 수 있겠네요."

닥터 밥이 여성들 틈에 끼어들었다.

"모두에게 말할 생각인가?"

"네." 스콧이 말했다. "거실로 가죠."

* * *

그는 모든 이야기를 털어놓았다. 엄청난 안도감이 밀려왔다. 마이라는 그저 도통 이해할 수 없는 일도 다 있구나 하는 어리둥절한 표정을 지었다. 하지만 미시는 그 자체를 믿기 어려워했다.

"그건 불가능해요. 사람의 신체는 몸무게가 줄어들면 변하잖아요. 그건 엄연히 사실이라고요."

스콧은 망설이다가 디어드리와 함께 소파에 앉아 있는 그녀에게로 다가가 섰다.

"손 좀 줘 봐요. 잠시면 돼요."

미시는 주저 없이 손을 내밀었다. 그녀는 스콧을 완벽하게 신뢰하고 있었다.

'이 정도로 다치지는 않겠지.'

그는 속으로 생각했다. 그리고 부디 그게 사실이길 바랐다. 그가 넘어진 디어드리를 일으켜 세웠을 때도 괜찮았으니까.

그는 미시의 손을 잡아당겼다. 그녀의 몸이 소파 위로 떠오르며 머리카락이 뒤쪽으로 퍼졌다. 놀란 미시의 눈이 커졌다. 스콧은 미시가 자기 쪽으로 밀려와 부딪히지 않도록 그녀를 붙잡았다. 그리고 들어 올렸다가 바닥에 내려놓고는 뒤로 물러섰다. 스콧이 미시에게서 손을 떼자 그녀의 몸에 다시 중량이 실리며 무릎이 살짝 구부러졌다. 미시는 경이로운 눈빛으로 그를 바라보며 우뚝 서 있었다.

"당신이…… 나는…… *세상에!*"

"어땠어요?"

닥터 밥이 물었다.

의자에 앉아 있던 그는 눈을 빛내며 상체를 앞으로 당겼다.

"말해 봐요!"

"그게…… 그러니까…… 말로 표현할 수가 없을 것 같아요."

"한번 해 봐요."

그가 재차 부추겼다.

"약간 롤러코스터에 탄 것처럼, 왜, 첫 번째 경사 꼭대기에서 내리막길로 달리기 시작할 때 같아요. 내장이 위로 쏠려 올라가고……."

미시는 여전히 스콧을 쳐다보며 불안하게 웃음을 터뜨렸다.

"*모든 게* 위로 떠올랐다니까요!"

"빌을 데리고 시험해 봤어요."

스콧은 벽돌 난로 위에서 기지개를 켜고 있는 고양이 쪽으로 고갯짓을 했다.

"까무러쳤죠. 허둥지둥 뛰어내리기 바빠서 제 팔을 할퀴어 놨어요. 절대 안 할퀴는 녀석인데."

"당신이 손에 쥐고 있는 건 뭐든 무게가 없어지나요?" 디어드리가 물었다. "정말 실제로 없어지는 거예요?"

스콧도 그 점에 대해 생각해 봤다. 그런 생각은 자주 했다. 그리고 이따금씩 자신에게 일어나는 일이 어떤 현상이 아니라, 어쩌면 병균이나 바이러스 때문일지 모른다는 생각도 했다.

"생명체는 무게가 없어지는 거죠. 적어도 그들 입장에서는요. 하지만……."

"당신이 들 때는 무게를 느끼죠."

"맞아요."

"하지만 다른 건요? 무생물은요?"

"일단 제가 그걸 집어 들거나…… 몸에 걸치거나 했을 때…… 아뇨. 제 입장에서는 무게가 안 느껴지는 것 같은데요." 그가 어깨를 으쓱했다.

"어떻게 그럴 수가 있어요?" 마이라가 물었다. "그런 일이 어떻게 존재할 수 있는 거죠?"

그녀는 남편을 쳐다봤다.

"당신은 알아요?"

그가 고개를 저었다.

"어쩌다 시작됐어요?" 디어드리가 물었다. "원인이 뭐예요?"

"전혀 모르겠어요. 언제 시작했는지도 몰라요. 얼마간 진행되고 나서야 몸무게를 재기 시작했거든요."

"부엌에서 말했잖아요. 그게 안전하지 않다고."

"안전하지 않을 수도 있다고 했죠. 확신은 못 해요. 단지 그런 갑작스러운 무중량 상태가 심장을 망가뜨린다거나…… 혈압이나…… 두뇌 기능이라거나…… 누가 알아요?"

"우주 비행사도 무중량 상태인걸요." 미시가 반박했다. "거의 그렇잖아요? 지구 주위를 도니까 적어도 지구 중력 같은 어떤 힘의 영향이 있긴 할 것 아니에요. 그건 달 위를 걸은 우주 비행사들도 마찬가지겠죠."

"그런 문제가 아니야, 그렇죠?" 디어드리가 말했다. "감염의 위험성이 있을까 봐 걱정하는 거잖아요."

스콧이 고개를 끄덕였다.

"그 생각도 했어요."

잠시 침묵이 흘렀다. 모두가 이 이해할 수 없는 일을 이해해 보려고 애썼다. 그러다 미시가 입을 열었다.

"병원에 가요! 검사를 받아야죠! 의사들한테…… 이런

걸 알 만한 의사……."

미시는 말끝을 흐렸다. 이런 걸 알 만한 의사는 없다. 그건 명백했다.

"……어쩌면 의사들이 증세를 역전시킬 방법을 찾아낼지도 모르잖아요."

미시는 엘리스를 쳐다봤다.

"의사잖아요. 스콧을 설득하세요!"

"해 봤지." 닥터 밥이 말했다. "많이 했는데 스콧이 거절했다오. 처음에는 스콧이 잘못 생각한다 싶었어. 잘못 판단한 거라고 말이야. 그러다 내 마음이 바뀌었지. 나는 이게 과연 과학적으로 조사할 수 있는 문제인지 아주 깊은 의구심이 들거든. 어쩌면 저절로 멈출지도 모르고…… 역전할 수도 있고…… 그런데 세계 최고의 의사들을 데려와도 이해하지 못할 거야. 어쨌든 영향을 두고 보자고. 긍정적이든 부정적이든."

"그리고 저는 병실이나 정부 기관에서 검사나 당하면서 이 체중 감소 프로그램의 남은 시간을 허송하고 싶지 않아요." 스콧이 말했다. "어쩌면 대중들의 흥밋거리가 되거나요."

디어드리가 말했다.

"그게 무슨 말인지 알겠어요. 완벽하게 이해돼요."

스콧이 고개를 끄덕였다.

"그럼 이쯤 되면 다들 아시겠지만. 이 방에서 있었던 일은 이 방에 남는 겁니다."

"하지만 당신은 어떻게 되는 거예요?" 미시가 불쑥 물었다. "몸무게가 바닥나면 무슨 일이 생기는 거죠?"

"저도 몰라요."

"어떻게 살아요? 그렇게…… 그냥……."

미시는 모두를 둘러보았다. 누군가가 대신 말을 이어 주길 바랐다. 아무도 말이 없었다.

"……그렇게 그냥 천장에 떠다닐 순 없잖아요!"

이미 그런 삶을 고려해 보았던 스콧은 다시 어깨만 들썩했다.

마이라 엘리스는 어깨를 앞으로 움츠렸다. 그녀는 두 손을 너무 꽉 움켜잡은 나머지 손마디가 하얗게 질려 있었다. "자네 너무 무섭지? 얼마나 겁이 나겠어 그래."

"그게 말이죠." 스콧이 대답했다. "무섭지는 않아요. 아주 초반에는 겁이 났죠. 그런데 이젠…… 모르겠어요…… 괜찮은 것 같아요."

디어드리의 눈에 눈물이 맺혔다. 하지만 그녀는 미소를

지어 보였다.

"난 그 말도 이해가 돼요."

그녀가 말했다.

"그렇죠." 그가 말했다. "분명 그럴 거예요."

* * *

스콧은 혹시 비밀을 말하지 않고는 못 배길 것 같은 사람이 있다면 마이라 엘리스일 거라고 생각했다. 그녀에게는 교회 모임도 있고 위원회도 있기 때문이었다. 하지만 마이라는 비밀을 *지켜* 냈다. 모두가 비밀을 지켰다. 그들은 일종의 도당처럼 일주일에 한 번씩 홀리 프리홀에 모였다. 디어드리가 늘 모두를 위해 테이블을 잡아 놓고 '닥터 엘리스 일행'이라고 적힌 작은 예약석 표시 문구를 세워 두었다. 식당은 항상, 혹은 거의 만석이었다. 디어드리는 새해가 지나서도 진정될 기미가 안 보이면 가게를 좀 일찍 열고 2부로 나눌 거라고 했다.[51] 미시는 정말로 주방 일을 도와줄 부

---

51 많은 사람이 동시에 식사할 공간이 충분치 않을 때 사용하는 방식으로 보통 1부를 저녁 6시 30분, 2부를 저녁 8시 30분으로 잡아 예약을 받는다.

주방장을 고용했는데 스콧이 추천한 현지 사람, 바로 밀리 제이콥스의 장녀였다.

"좀 더디기는 한데," 미시가 말했다. "일을 배우려는 의지가 있으니까 여름 손님들이 돌아올 때쯤에는 잘 할 거예요. 두고 보세요."

그녀는 얼굴을 붉히며 자신의 두 손을 내려다보았다. 여름 손님들이 들이닥칠 즈음에는 스콧이 없을지도 모른다는 생각이 들었기 때문이었다.

12월 10일, 디어드리 매콤은 캐슬록 타운 광장에 놓인 커다란 크리스마스트리에 점등했다. 거의 1000명에 가까운 인파가 저녁에 열린 그 행사를 보러 몰렸다. 고등학교 합창단이 크리스마스 캐럴을 불렀다. 산타클로스 복장을 한 코플린 시장은 헬리콥터를 타고 왔다.

디어드리가 단상에 오르자 박수가 쏟아졌다. 그녀가 9미터짜리 가문비나무를 두고 '뉴잉글랜드 최고의 타운에 있는 최고의 크리스마스트리'임을 선포하자 사람들은 환호로 답했다.

전등이 켜지고 꼭대기에 달린 네온으로 만든 천사가 빙빙 돌며 인사를 했다. 군중들은 고등학생 합창단이 노래하는 "크리스마스트리, 오 크리스마스트리, 가지가 정말 아름답구나."⁵²를 따라 불렀다. 스콧은 트레버 욘트가 사람들과 어울려 노래하고 박수 치는 모습을 즐겁게 바라보았다.

그날 스콧 캐리의 몸무게는 52킬로그램이었다.

---

52 캐럴 「오 크리스마스트리(*O Christmas Tree*)」의 가사.

6장

믿어지지 않는
존재의 가벼움

스콧이 생각해 본 '무중량 상태 효과'도 나름의 한계는 있었다. 옷은 그의 몸에 닿아도 떠오르지 않는다. 그가 앉는 의자도 공중부양하지 않는다. 하지만 욕실 체중계에 의자를 하나 들고 올라서면 의자의 무게를 인식하지 못한다. 지금 일어나는 일에 어떤 원칙이 있더라도 그는 이해할 수가 없었다. 상관없었다. 외견상 그는 낙천적으로 보였고 밤에 잠도 잘 잤다. 스콧은 그런 것을 중요하게 여겼다.

새해 첫날, 그는 마이크 바달라멘테에게 전화를 걸어 새해 복 많이 받으라고 인사를 했다. 그리고 유일하게 생존해 있는 고모님을 만나러 몇 주 뒤에 캘리포니아에 다녀올 생각인데 정말로 가게 되면 고양이를 돌봐 줄 수 있는지 물었다.

"글쎄, 모르겠는데." 마이크가 대답했다. "그럴 수 있을 것 같아. 모래 화장실에 배변할 줄은 알지?"

"당연하지."

"그런데 왜 나한테 맡기는 거야?"

"난 모든 서점에 반드시 고양이가 상주해야 한다고 생각하거든. 하지만 자네 가게에는 없잖아."

"얼마나 오래 걸릴 것 같아?"

"모르지. 해리엇 고모님 하기에 달렸지."

물론 해리엇 고모라는 사람은 없었다. 스콧은 닥터 밥이나 마이라에게 고양이를 마이크네 서점으로 데려다 달라고 부탁해야 할 것이다. 디어드리와 미시는 둘 다 개 냄새가 밴 사람들이고 스콧 자신은 이제 그 오랜 친구를 어루만져 주는 것도 불가능했다.

빌은 스콧이 너무 가까이 다가오면 달아나 버렸다.

"녀석이 뭘 먹는데?"

"프리스키스 사료." 스콧이 대답했다. "캘리포니아에 가게 되면 내가 충분히 챙겨서 같이 보낼게."

"알았어, 그렇게 하지."

"고마워, 마이크. 역시 친구밖에 없네."

"친구잖아. 그런데 그래서만도 아니야. 자네가 매콤이 경기를 끝낼 수 있도록 일으켜 줘서 이 마을에 작지만 의미 있는 선행을 했잖아. 매콤과 그의 아내한테 볼썽사나운 일이 생기고 있을 때 말이지. 이제는 나아졌잖아."

"조금 나아졌지."

"실은 제법 많이 나아진 거지."

"뭐 그런가, 고마워. 다시 한 번 새해 복 많이 받길 바라네."

"자네도, 이 친구야. 고양이 이름이 뭐라고?"

"빌. 정확히는 고양이 빌 D.."

"「블룸 카운티」[53]에 나오는 고양이처럼 말이지. 멋지네."

"이따금 안아서 쓰다듬어 줘. 만약 내가 가게 되면 말이지. 녀석이 그렇게 해 주는 걸 좋아하거든."

스콧은 전화를 끊고 뭔가를 놓아준다는 것의 의미를 생각해 보았다. 특히 그게 소중한 친구들일 경우에 대해서. 그리고 지그시 눈을 감았다.

---

53 1980년대 인기 신문 연재만화로 '고양이 빌'이라는 캐릭터가 등장한다.

* * *

　며칠 뒤에 닥터 밥이 전화를 했다. 지금도 매일 0.5킬로그램에서 1킬로그램 정도씩 스콧의 몸무게가 계속 줄고 있는지를 물었다. 스콧은 그렇다고 대답했다. 그는 이 거짓말이 문제가 되어 돌아올 일은 없다는 걸 알고 있었다. 그는 늘 그렇듯 똑같은 모습이었다. 툭 튀어나온 배가 벨트 위로 올라와 있었다.

　"그러면…… 체중이 바닥나는 시기는 그대로 3월 초가 되겠네?"

　"맞아요."

　스콧이 보기에는 1월이 가기 전에 '0의 날'이 올 가능성도 있었다. 하지만 확신할 수는 없었다. 적당한 근거로 추측해 볼 수도 없었다. 이제 몸무게 재는 일을 그만뒀기 때문이다. 얼마 전까지만 해도 몸무게가 너무 많이 나가서 욕실 체중계를 피해 다녔는데 이제는 정반대의 이유로 체중계를 멀리하고 있다. 그것참 역설적이었다.

　"지금은 어떻게 되나?"

　닥터 밥이 물었다.

　"48킬로그램요."

스콧이 답했다.

"세상에!"

스콧은 자기가 알고 있는 걸 엘리스도 안다면 '세상에!' 보다 훨씬 심한 말을 하겠구나 싶었다. 몸무게는 30킬로그램에 더 가까울 것이다. 그는 널따란 거실을 네 걸음 만에 성큼성큼 통과할 수 있었고, 뛰어올라 대들보를 붙잡고 타잔처럼 매달리는 것도 가능했다. 아직은 달에서 느낄 법한 가벼움은 아니지만 그에 가까워지고 있었다.

닥터 밥은 잠시 말이 없었다. 그리고 어렵게 입을 열었다.

"자네한테 이런 일이 생긴 원인이 살아 있는 존재 때문이라고 생각하나?"

"그럼요." 스콧이 답했다. "외래종 박테리아가 베인 상처를 통해서 들어갔거나 제가 아주 희귀한 바이러스를 들이마셨을 수도 있죠."

"혹시 그게 지각 있는 존재일지 모른다는 생각은 해 봤나?"

이번에는 스콧의 침묵이 이어졌다.

"네."

마침내 그가 대답했다.

"정말이지 자네는 이 일에 너무나 잘 대처하고 있구면."

"지금까지는 괜찮네요."

스콧이 말했다.

하지만 사흘 뒤, 그는 마지막이 오기 전에 대처해야 할 일이 얼마나 많은지를 깨달았다. 알고 있다고, 준비할 수 있다고 생각하지만…… 그러다가도 미련을 갖게 되는 법이다.

* * *

새해 첫날 이후로 기온이 9도대를 유지하면서 서부 메인은 1월 해빙기를 보내고 있었다. 닥터 밥의 전화를 받은 지 이틀 만에 기온은 15도대로 치솟았고 아이들은 가벼운 외투를 입고 개학을 맞았다. 그런데 그날 밤, 기온이 뚝 떨어지더니 진눈깨비가 싸락눈으로 바뀌어 내리기 시작했다.

스콧은 그런 줄도 몰랐다. 저녁 내내 컴퓨터로 물건을 주문했기 때문이다. 모두 동네에서 살 수 있는 물건이었다. 휠체어와 흉부용 조끼는 그가 핼러윈 사탕을 사러 갔던 CVS 드러그스토어에서, 경사로와 쇠메는 퍼디의 철물점에서 살 수 있다. 하지만 동네 사람들은 말을 옮긴다. 캐묻기도 한다. 스콧은 그걸 원치 않았다.

눈은 한밤중이 되어서야 그쳤으며 맑고 추운 새날이 밝았다. 내린 눈으로 지표면에 얼음장이 생겨 쳐다보기가 눈부실 정도로 빛이 났다. 스콧의 잔디밭과 진입로는 누군가 투명한 플라스틱 스프레이를 뿌려 놓은 것처럼 보였다. 스콧은 파카를 입고 우편물을 가지러 나갔다.

그는 계단 전체를 단번에 뛰어 진입로로 내려가는 게 버릇이 되었다. 체중에 비해 극도로 근육질인 스콧의 다리는 에너지 분출을 갈망했다. 이번에도 진입로를 향해 뛰어내렸다. 두 발이 얼음장을 강타하고 하늘 위로 솟구쳤다. 그는 엉덩방아를 찧고 웃음을 터뜨렸다. 몸이 미끄러지기 시작하자 웃음이 쏙 들어갔다. 잔디의 경사면에 등을 대고 누운 스콧은 오락실 볼링 레인의 먼지 쌓인 표면 위를 따라 움직이는 볼링공처럼 미끄러져 내려갔다. 도로에 가까워질수록 속도가 붙었다. 그는 덤불을 붙잡았지만 그것 또한 얼음으로 코팅이 되어 있어 손에서 미끄러졌다. 그는 몸을 굴려 엎드린 채로 다리를 벌려서 속도를 늦추려고 했다. 몸이 한쪽으로 돌기만 하고, 효과가 없었다.

'얼음이 두껍긴 해도 그 정도로 두꺼운 건 아니야.'

그는 생각했다.

'겉보기만큼 몸무게가 나갔더라면 깨뜨려서 멈출 수 있

을 텐데. 그렇게 못 하잖아. 도로에 진입했는데 차라도 만나면 아마 제때에 정차하기 힘들겠지. 이제 '0의 날'을 걱정할 필요가 없겠는데.'

스콧은 그 정도로 멀리 가지 못했다. 대신 헉 소리가 절로 날 정도로 세게 우편함 기둥에 부딪혔다. 정신을 차리고 일어나려는데 다리가 벌어지며 또 미끄러졌다. 그는 두 발로 기둥을 밀었다. 마찬가지로 효과가 없었다. 1.5미터 정도를 밀려간 뒤에 속도가 줄어들고 멈추더니 우편함 기둥으로 도로 밀려왔다. 뒤이어 스콧은 자기 몸을 밀고 가려 해 보았다. 얼음을 움켜쥐려 했지만 표면을 미끄러지기만 했다. 장갑을 깜빡하고 나온 바람에 손이 얼얼해지고 있었다.

'도움이 필요해.'

스콧의 뇌리에 퍼뜩 떠오르는 이름은 디어드리였다. 파카 주머니에 손을 넣었다. 이번에는 휴대폰을 깜빡했다는 걸 깨달았다. 서재 책상에 두고 온 것이다. 스콧은 도로로 몸을 밀어낼 수 있을 거라고 생각했다. 도로 한 켠으로 이동해서 지나가는 차에 손을 흔들면 될 것 같았다. 누군가는 차를 세우고 그를 도와주겠지. 하지만 스콧이 대답하고 싶지 않은 질문도 할 것이다. 상황은 그를 더욱더 좌절하게 만들었다. 그의 진입로는 완전히 스케이트장이 되었다.

스콧은 자신이 뒤집힌 거북이 신세라고 생각했다. 두 손은 점점 감각이 둔해졌고 조만간 발도 마찬가지가 될 것이다.

그는 헐벗은 나무들을 물끄러미 올려다보았다. 구름 한점 없는 하늘을 배경으로 나뭇가지가 부드럽게 흔들렸다. 우편함을 쳐다보며 심각하고도 웃긴 이 상황을 해결할 수 있는 방법이 무엇일까를 고민했다. 그는 사타구니를 기둥에 걸치고 앉아 우편함 옆에 달린 철제 깃발을 붙잡았다. 느슨하게 달려 있었기 때문에 세게 두 번 당겨 떼어 낼 수 있었다. 그는 쇳조각 가장자리를 이용해서 얼음장에 구멍을 두 개 팠다. 그러고 나서 구멍 위에 한쪽 무릎을 꿇었다. 다른 구멍에는 발을 디뎠다. 스콧은 자유로운 두 손을 이용하여 우편함 기둥을 잡고 일어섰다. 이런 식으로 그는 계단으로 가기 위해 잔디밭으로 향했다. 허리를 숙여 얼음판에 구멍을 내고, 앞으로 나아가고, 또 얼음판을 찍어 구멍을 냈다.

차 두 대가 지나갔다. 누군가 경적을 울렸다. 스콧은 돌아보지도 않고 한 손을 들어 흔들어 주었다. 계단에 다다를 무렵, 양손에 아무런 감각이 없었고 심지어 한쪽 손은 두 군데에서 피가 흐르고 있었다. 허리가 끊어질 것처럼 아팠다. 계단을 오르기 시작했다. 미끄러졌다. 가까스로 얼음이 코팅된 철제 난간을 붙잡았다. 하마터면 또 우편함까지 미끄러져 내려갈 뻔했다. 디딜 구멍이 있다 해도 다시 기어서 올라왔으리라 장담할 순 없었다. 스콧은 기진맥진했다. 파카 안에서 고약한 땀 냄새가 났다. 그는 현관 복도에 드러누웠다. 빌이 그를 살피러 왔다. 하지만 *아주* 가까이 다가올 엄두는 못 내고 근심스럽게 야옹거리기만 했다.

"괜찮아." 그가 대답했다. "걱정하지 마. 아침 먹게 해 줄게."

'그래, 난 괜찮아. 예정에 없이 빙판 위에서 썰매를 좀 탔을 뿐이야. 하지만 정말 기이한 일은 이제부터가 시작이겠지.'

스콧은 그게 오래 지속되지 않을 거라는 점이 그나마 다행이라고 생각했다.

'가능한 빨리 쥠쇠를 달고 경사로를 설치해야겠다. 이제 시간이 별로 없어.'

* * *

그달 중순 월요일 저녁에 '닥터 엘리스 일행'은 마지막으로 식사를 함께했다. 스콧은 일주일째 그들 중 누구와도 만나지 않고 있었다. 집에 틀어박혀 지금 백화점 프로젝트를 끝내겠다는 이유에서였다. 사실 프로젝트는 초안이긴 하지만 크리스마스 전에 끝이 나 있었고 스콧이 보기에는 다른 사람이 손질만 좀 하면 마무리가 될 것 같았다.

스콧은 이제 요리를 하기가 어려웠다. 그래서 일행들이 음식을 가져오는 포트럭 디너가 될 거라고 말했다. 사실 요리뿐만 아니라 만사가 어려워졌다. 계단을 올라가는 건 그만하면 쉬운 편이었다. 힘을 전혀 들이지 않고 세 번만 크게 도약을 하면 되니까. 계단에서 내려가는 건 훨씬 어려웠다. 굴러떨어져 다리가 부러질까 봐 걱정이 된 스콧은 난간을 붙잡고 계단을 한 칸씩 밟고 내려갔다. 영락없이 통풍에 걸리고 고관절이 아픈 늙은이였다. 게다가 번번이 벽에 가서 부딪혔다. 추진력을 예측하기 힘들어짐에 따라 조절이 더 어려워졌기 때문이다.

마이라는 현관 계단을 덮고 있는 경사로에 대해서 물었다. 닥터 밥과 미시는 경사로보다 거실 한구석에 놓여 있는 휠체어와 등받이에 걸려 있는 흉부용 조끼에 더 관심을 보였다. 허리를 똑바로 세우고 앉는 힘이 부족하거나 아예 없는 사람들을 위해 만든 제품이었다. 디어드리는 아무것도 묻지 않았다. 그녀는 지혜롭고 슬픈 눈으로 스콧을 바라보고만 있었다.

그들은 채식 캐서롤[54](미시)과, 치즈 소스를 뿌린 감자 오그라탱[55](마이라)을 먹고 바닥이 살짝 탔지만 몽글몽글하고 맛있는 에인절 푸드 케이크[56](닥터 밥)로 저녁 식사를 마무리했다. 와인도 좋았지만 대화와 웃음이 있어 더 좋았다.

식사를 마치고 나자 스콧이 말했다.

"자백할 시간이 되었네요. 그동안 모두에게 거짓말을 했어요. 제가 말한 것보다 증상이 진행되는 속도가 훨씬 빨라졌어요."

"스콧, 안 돼요!"

미시가 울음을 터뜨렸다.

닥터 밥은 고개를 끄덕였다. 놀랍지 않은 모양이었다.

"얼마나 빨라졌나?"

"하루에 1.4킬로그램씩요. 0.5킬로그램이나 1킬로그램이 아니었어요."

---

54 오븐용 냄비에 여러 가지 재료를 넣고 익혀 내는 찜 요리.

55 치즈나 빵가루를 뿌려 노릇하게 살짝 구워 내는 요리.

56 계란 흰자와 밀가루, 설탕만으로 만든 케이크.

"지금은 몸무게가 얼마나 나가지?"

"몰라요. 체중계에 올라가지 않고 있었어요. 한번 재어 보죠."

스콧은 일어서려고 했다. 허벅지를 테이블에 닿게 한 상태에서 몸을 앞쪽으로 띄웠다. 그러고는 멈추게 하려고 두 손을 뻗다가 와인 잔을 두 개 넘어뜨렸다. 디어드리가 재빨리 식탁보 자락을 들어 쏟아진 와인을 닦았다.

"미안해요, 미안해요." 스콧이 말했다. "요즘에는 제 힘을 가늠 못 하겠어요."

그는 롤러스케이트를 탄 사람처럼 조심스럽게 방향을 틀어 집 뒤쪽으로 향했다. 아무리 조심스럽게 걸어도 내딛는 걸음마다 도약이 되었다. 그를 지구에 묶어 두는 건 남아 있는 그의 체중이었고 근력은 그의 몸을 더 높이 들어 올리려고 했다. 스콧은 균형을 잃은 상태에서 복도에 거꾸로 곤두박질치지 않기 위해 새로 설치한 여러 개의 쳄쇠 중 하나를 붙잡았다.

"세상에." 디어드리가 말했다. "걸음마 배우는 것부터 다시 배우는 기분이겠어요."

'내가 마지막으로 우편물 가지러 나갔을 때 벌어진 사태를 직접 봤어야 해요.'

스콧이 생각했다.

그거야말로 *진정한* 배움이었다.

최소한 병원 이야기를 꺼내는 사람은 아무도 없었다. 스콧에겐 놀랄 만한 일은 아니었다. 그의 어색하고 우스꽝스럽고도 기이하게 우아한 걸음걸이를 일단 보면 병원에 가서 좋아질 거라는 기대는 떨쳐 버리고도 남기 때문이었다. 이제 이건 스콧의 개인적인 문제가 되었다. 다들 그 점을 이해했다. 스콧은 기뻤다.

모두 욕실 안에 모여 오제리 체중계에 올라선 스콧을 바라보았다.

"주여." 미시가 나직이 말했다. "오, 스콧."

결과는 14킬로그램이었다.

* * *

그는 다시 식탁으로 향하는 모두의 뒤를 홀로 따라갔다. 강에 놓인 돌다리를 건너는 사람처럼 조심스럽게 걷는데도 결국은 또 테이블로 달려가고 말았다. 미시가 손을 뻗어 그를 잡아 주려 했지만 미처 손이 닿기도 전에 스콧이 손사래를 쳤다.

모두가 자리에 앉자 스콧이 말했다.

"전 괜찮아요. 사실, 좋아요. 진심이에요."

마이라는 아주 사색이 되었다.

"어떻게 괜찮을 수가 있어?"

"모르겠어요. 그냥 괜찮아요. 하지만 오늘 식사가 우리의 작별 인사예요. 다시는 여러분을 보지 않으려고요. 디어드리만 빼고요. 마지막에는 저를 도와줄 누군가가 필요하니까요. 도와줄 수 있겠어요?"

"네, 그럼요."

그녀는 울음이 터진 아내의 어깨를 감싸며 주저 없이 말했다.

"저는 단지 이 말을……."

스콧은 목이 메어 말을 잇지 못했다. 그가 헛기침을 했다.

"저는 우리에게 시간이 더 있었더라면 좋았을 거라고 말하고 싶어요. 여러분은 저의 좋은 친구가 되어 주었어요."

"그보다 더 진심 어린 찬사는 없을 걸세."

닥터 밥이 말했다. 그가 냅킨으로 눈물을 훔쳤다.

"이건 불공평해요!" 미시가 소리쳤다. "이건 젠장, 불공평하다고요!"

"그러게요," 스콧도 동의했다. "불공평하죠. 하지만 남겨

둘 아이도 없고, 전 부인은 자기 나름대로 행복하고, 그러니까요. 암보다는 온당하죠. 알츠하이머에 걸리거나 병동에 있는 화상 환자가 되는 것보다는 온당하고요. 누가 이 일에 대해서 발설하기라도 하면 전 역사에 기록될 거예요."

"우린 그러지 않을 거야."

닥터 밥이 말했다.

"안 해요." 디어드리가 동의했다. "우린 말하지 않아요. 제가 뭘 하면 되는 거죠, 스콧?"

그는 할 수 있는 모든 이야기를 다 했다. 하지만 종이 가방에 넣어 눈에 띄지 않게 복도 옷장에 넣어 둔 물건에 대해서는 말을 아꼈다. 그가 이야기를 시작하자 모두 잠자코 그의 말을 들었다. 그리고 누구도 반박하지 않았다.

그가 이야기를 마치자 마이라가 매우 조심스럽게 물었다.

"어떤 느낌이야, 스콧? *자네*는 어떤 기분이 들어?"

스콧은 헌터 힐을 달려 내려갈 때의 기분을 떠올렸다. 순풍을 받아서 세상 모든 것들이 선명하게 드러나 보일 때의 기분을. 회색의 우중충한 하늘, 시내 건물마다 펄럭이는 장식용 현수막, 하나하나 소중한 길바닥의 자갈, 그리고 길가에 버려진 담배꽁초와 맥주 캔처럼 평범한 것들의 숨겨진 아름다움을. 그의 몸이 일단 최대 능력을 발휘하자 모든 세포에 산소가 채워지던 그 순간을.

"고도에 오른 기분이 들어요."

마침내 스콧이 말했다.

그는 디어드리 매콤을 바라보았다. 그녀의 빛나는 눈동자가 그의 얼굴을 향해 고정되어 있었다. 그녀는 왜 그가 자신을 선택했는지 아는 것이 분명했다.

* * *

마이라는 빌을 달래어 고양이 이동장에 넣었다. 닥터 밥이 그의 포러너[57]에 싣기 위해서 이동장을 들고 나섰다. 그렇게 네 사람은 현관 밖에 섰다. 차가운 밤공기 때문에 입김이 피어올랐다. 스콧은 쬠쇠를 단단히 붙잡고 입구에 서있었다.

"가기 전에 할 말이 있는데 해도 될까?"

마이라가 물었다.

"물론이죠."

스콧은 대답을 그렇게 하면서도 그녀가 아무 말도 안 하

---

57 토요타가 생산하는 레저용 차량.

기를 바랐다.

스콧은 그들이 그냥 떠나 주길 바랐다. 그는 삶의 위대한 진실을, 영영 모른 채로 살았을 수도 있는 진실을 알아냈다고 생각했다. 매번 0.5킬로그램씩 자신과 작별하는 것보다 더 어려운 일은 벗들에게 작별을 고하는 일이었다.

"내가 너무 어리석었어. 자네한테 이런 일이 일어나서 안타까워, 스콧. 하지만 내게 일어난 일에 감사한다네. 자네가 아니었다면 나는 눈먼 채로 너무나 좋은 것들을, 그리고 아주 좋은 사람들을 모르고 살았을 거야. 어리석은 노인네로 남아 있었을 거라고. 내가 자네는 안아 주질 못하니까 이렇게라도 할게."

그녀는 두 팔을 벌려 디어드리와 미시를 감싸 안았다. 두 사람도 마이라를 안아 주었다.

닥터 밥이 입을 열었다.

"자네가 날 부르면 언제든지 달려올게."

그가 소리 내어 웃었다.

"뭐, 아니지. 뜀박질할 나이도 지났으니까. 그래도 내 말이 무슨 뜻인지 알 거야."

"알아요. 고마워요." 스콧이 말했다. "잘 있어요, 늙은 양반. 조심해서 가시고요. 그럼."

스콧은 모두가 닥터 밥의 차를 향해 걸어가는 모습을 지켜보았다. 다들 차에 오르자 스콧은 쥠쇠를 놓치지 않도록 조심하면서 손을 흔들어 인사했다. 그리고 나서 문을 닫은 그는 반쯤은 걷듯이, 반쯤은 뛰듯이 해서 부엌으로 향했다. 만화 속 인물이 된 기분이었다. 그건 내심 이 일을 비밀에 부쳐야 하는 이유이기도 했다. 스스로 보기에도 우스꽝스러워 보였다. 그리고 확실히 우스꽝스러운 일이었다. 하지만 겉보기에만 그랬다.

스콧은 부엌 조리대에 앉아 텅 빈 한쪽 구석을 바라보았다. 지난 7년간 빌의 사료와 물그릇이 있었던 자리다. 그는 아주 오랫동안 그곳을 응시했다. 그러고는 잠을 자러 갔다.

* * *

다음 날, 스콧은 미시 도널드슨으로부터 한 통의 이메일을 받았다.

디디에게 같이 가서 끝까지 있겠다고 말했어요. 그걸로 말다툼을 했죠. 그이가 내 발에 관련된 옛날이야기를 해주지 않았다면 포기하지 않고 갔을 거예요.

어렸을 때 내 발에 대해서 어떻게 느꼈는지 기억이 났거든요. 지금은 저도 뛸 수 있어요. 뛰는 걸 정말 좋아하거든요. 하지만 디디처럼 대회를 뛸 정도는 못 돼요. 단거리만 잘 뛰죠. 몇 년을 뛰었는데도 아직 그렇네요.

저는 선천적으로 내반첨족[58]이에요. 흔히들 곤봉발이라고 불러요. 7살 때 교정 수술을 받았는데 그때까지는 지팡이를 짚고 걸었어요. 수술 후에 정상적으로 걷는 법을 배우느라고 수년이 걸렸죠.

지금도 선명하게 기억이 나는데, 제가 네 살 때 친구 펠리시티에게 내 발을 보여 줬어요. 그 애가 깔깔거리면서 징그럽고 못생긴 바보 발이라고 말했어요. 그다음부터는 엄마와 선생님 외에는 누구에게도 발을 보여 주지 않았죠. 사람들이 나를 비웃는 걸 원치 않았거든요.

디디가 말했죠. 내게 일어난 일에 대해서 나는 그렇게 느낀다고. 그리고 "스콧은 네가 1950년대 공상 과학 영화의 허술한 특수효과처럼 집 안을 뛰어다니는 모습이 아니라 정상적일 때의 모습을 기억해 주길 바라는 거야."라고요.

---

58 발이 굽어 발 바깥쪽이 바닥에 닿고 안쪽이 떠서 발바닥이 몸의 중앙을 향해 들린 상태로 굳은 발의 변형.

그러고 나서야 수긍이 되었어요. 하지만 그편이 좋다거나 당신이 그렇게 하는 게 당연하다 생각하지는 않아요.

스콧, 경주가 있던 날 당신이 한 일 덕분에 우리가 캐슬록에서 자리를 잡을 수 있게 된 거예요. 여기 우리 가게가 있어서가 아니라 그 일이 우리를 이 마을의 더 훌륭한 삶에 일조할 수 있는 일원으로 만들었기 때문이에요. 디디는 청년 상공 회의소에 가입하게 될 것 같다고 해요. 그이가 웃으면서 터무니없다고 말하지만 속으로는 전혀 그렇게 생각하지 않는다는 걸 제가 알죠. 그건 트로피예요. 그이가 경주에 이겨서 딴 트로피와 똑같아요.

저는 그런 말을 믿을 만큼 멍청하거나 순진하지 않지만 '어떤 이들은 결코 돌아오지 않지만, 대부분은 돌아온다.'[59]라는 말이 있잖아요. 많은 사람들이 이미 돌아왔어요. 당신이 없었다면 있을 수도 없는 일이에요.

그리고 당신이 아니었으면 나의 사랑하는 반쪽이 언제까지나 세상에 문을 닫고 살았을 거예요. 그이가 당신에게 이 말은 하지 않을 테니 제가 할게요. 당신이 정신 차리게 해 줬어요. 정말 큰 자극이었죠. 이제는 그이도 다시 똑바로 걸을 수 있어요. 그이는 늘

---

59 Some will never come around, but most will. 어떤 사람이 나쁜 길로 빠지더라도 다시 제자리에 돌아올 거라는 의미로 사용하는 표현.

가시 돋친 선인장이었고 저도 그이가 변하길 바랐는데 이제는 마음이 열렸어요. 더 많은 걸 보고, 더 많은 걸 품어요. 지금보다 더 나은 무언가가 될 수 있어요. 당신이 가능하게 한 일이에요. 그이가 넘어졌을 때 일으켜 줬으니까요.

두 사람 사이에 교감이 있다고, 뭔가를 공유하는 느낌이 있다고 들었어요. 바로 그래서 당신이 그이에게 마지막을 도와달라고 했다고요. 내가 질투하는 걸까요? 약간은 그래요. 하지만 이해할 수 있을 것 같아요. 당신이 고양된 느낌이라고 했을 때 알았죠. 그이도 달릴 때 그걸 느끼거든요. 그래서 달리는 거예요.

부디 용기를 내요, 스콧. 그리고 제가 당신을 생각하고 있다는 걸 알아주세요.

신의 가호가 있기를.

나의 모든 사랑을 담아,
미시

추신: 서점에 갈 때마다 우리가 항상 빌을 다독여 줄게요.

스콧은 그녀에게 전화를 걸어서 이처럼 친절한 말을 해 주어 고맙다고 말할까 생각했다. 하지만 나쁜 아이디어라는 결론을 내렸다. 그랬다가는 그 두 사람을 슬프게 만들 것 같았다. 대신 그는 미시의 편지를 출력했다. 그리고 흥부용 조끼의 주머니에 넣었다.

스콧은 떠날 때 편지를 가져가기로 했다.

* * *

다음 날 일요일 아침, 스콧은 복도를 지나 전혀 걸음 같지 않은 걸음을 걸으며 1층 화장실로 갔다. 그가 발을 내디딜 때마다 몸이 천장 위로 한참을 떠올랐다. 그러면 그는 갈고리처럼 구부린 손가락으로 천장을 밀어 아래로 내려왔다. 그러다 시련이 닥쳤다. 욕실 환풍기를 통해서 가벼운 바람이 불어와 몸이 좌우로 살짝 흔들렸다. 그는 자세를 돌려 외풍을 피해 벽 쪽으로 가려고 쬠쇠를 잡았다.

욕실에서 그는 체중계 위를 떠다니다가 마침내 안착했다. 처음에 그는 전혀 측정이 안 되고 있는 거라고 생각했다. 그러다 결국 1이라는 숫자가 떴다. 스콧이 예상한 대로였다.

그날 밤, 그는 디어드리에게 전화를 걸었다. 그리고 짧게 말했다.

"당신이 있어야겠어요. 와 줄 수 있어요?"

"네."

디어드리가 한 말은 그게 다였다.

스콧이 원했던 것도 그것뿐이었다.

* * *

현관은 잠금장치가 풀린 채로 닫혀 있었다. 디어드리는 문을 활짝 열지 않고 문틈으로 들어갔다. 외풍이 스콧에게 영향을 끼칠 수 있기 때문이었다. 그녀는 복도의 불을 다 켜 어둠을 쫓았다. 그런 다음 거실로 들어갔다. 스콧이 휠 체어에 앉아 있었다. 등받이에 고정시킨 조끼를 가까스로 반쯤 걸칠 수 있었지만 몸이 떠올라 한 팔은 허공을 짚고 있었다. 그의 얼굴은 땀으로 번들거렸고 셔츠도 앞쪽이 땀 으로 젖어 어두운색으로 변해 있었다.

"너무 오래 고대했나 봐요."

그가 말했다. 숨찬 목소리였다.

"의자까지 수영해서 내려와야 했어요. 믿을지 모르겠지만 개구리헤엄으로 왔죠."

디어드리는 그의 말을 믿었다. 그녀는 스콧에게 다가가

휠체어 앞에 서더니 놀란 눈으로 그를 바라보았다.

"여기 얼마나 오래 있었던 거예요?"

"잠깐 앉아 있었어요. 어두워질 때까지 기다리고 싶어서요. 어두워졌죠?"

"거의 그렇죠."

그녀가 무릎을 꿇고 앉았다.

"오, 스콧. 이건 정말 아닌 것 같아요."

그는 고개를 천천히 저었다. 마치 물속에서 고개를 흔드는 사람 같았다.

"당신도 알잖아요."

그녀도 그렇게 생각했다. 자신의 생각이 옳기를 바랐다.

그는 허공을 헤매는 팔과 씨름한 끝에 마침내 조끼에 팔을 끼워 넣을 수 있었다.

"제 몸에 손대지 않고 가슴과 허리에 있는 버클을 채울 수 있겠어요?"

"할 수 있을 것 같아요."

하지만 디어드리의 손가락 관절이 그의 몸을 두 번 스쳤다. 한 번은 그의 허리에, 그리고 한 번은 그의 어깨에. 그때마다 디어드리는 몸이 떠올랐다가 내려왔다. 접촉을 하면 속이 울렁거렸다. 차가 높은 턱을 넘어갈 때마다 그녀의 아빠가 '아이고, 세상에!'라고 외쳤던 그 순간의 울렁거림이었다. 또는, 그렇다, 미시 말이 맞았다. 롤러코스터가 경사 꼭대기에서 망설이다 갑자기 급락할 때의 울렁거림이었다.

마침내 버클을 다 채웠다.

"이제는 어쩌죠?"

"곧 밤공기가 어떤지 볼 거예요. 하지만 먼저 옷장에 가 봐요. 현관에 있는데 제가 부츠를 넣어 놓는 곳이에요. 거기에 종이 가방이 있어요. 돌돌 말린 로프도 하나 있고요. 당신이 휠체어를 미는 게 가능할 것 같은데 밀 수 없게 되면 휠체어 머리 받침대에 로프를 감고 당겨요."

"정말 이렇게 해야겠어요?"

그는 미소를 지으며 고개를 끄덕였다.

"내가 평생을 이렇게 묶여서 살길 원할 것 같아요? 안 그러면 누군가 사다리를 타고 올라와 밥을 떠먹여 주게 생겼는데요?"

"글쎄요, 멋진 유튜브 영상 만들 수 있겠는데요."

"아무도 안 믿는 영상이 되겠죠."

디어드리는 로프와 갈색 종이 가방을 찾아 거실로 돌아왔다. 스콧이 두 손을 내밀었다.

"어서요, 대단한 양반아. 솜씨 좀 보여 주시죠. 거기서 나한테 종이 가방을 던져요."

그녀는 시키는 대로 종이 가방을 던졌다. 그것도 아주 잘 던졌다. 종이 가방이 허공에 포물선을 그리며 스콧이 내밀고 있는 두 손바닥 위로 3센티미터도 안 되는 지점에서 멈췄다. 그러고는 천천히 손바닥 위에 안착했다. 디어드리는 그가 자신에게 일어나는 일에 관해서 처음 말해 줬던 때를 회상했다. 그가 들 때는 무게를 느낀다. 역설 아닌가? 그게 뭐든지 머리가 아팠다. 어쨌든 이제는 생각할 시간이 없었다. 그가 종이 가방을 열어 반짝이는 별 모양이 인쇄된 두꺼운 포장지로 싼 정사각형의 물체를 꺼냈다. 밑에는 빨갛고 납작한 15센티미터 길이의 혀가 달려 있었다.

"이름이 스카이라이트예요. 옥스퍼드에 있는 폭죽 공장 제품인데 150달러를 주고 샀어요. 인터넷으로 주문한 건데, 비싼 값어치를 하길 바라야죠."

"불은 어떻게 붙이려고요? 당신이 어떻게, 만약…… 만약 당신이……."

"제가 할 수 있을지는 모르겠지만 충분히 자신해요. 마찰식 퓨즈가 달렸어요."

"스콧, 꼭 제가 이걸 해야 해요?"

"네." 그가 말했다.

"당신은 가고 싶은 거로군요."

"맞아요." 그가 말했다. "시간이 됐어요."

"밖이 추운데, 몸이 땀범벅이잖아요."

"상관없어요."

디어드리에겐 상관이 있었다. 그녀는 위층에 있는 스콧의 침실로 가서 그가 (어떻게 보면) 덮고 잤다고 할 수 있는 이불을 잡아당겼다. 매트리스에도 그의 몸에 눌린 흔적이 없었고 베개에도 벤 흔적이 없었다.

"컴포터[60]라니." 디어드리는 코웃음을 쳤다. 상황을 생각해 보면 정말 바보 같은 말이었다. 그녀는 이불을 가지고 아래층으로 내려가 종이 가방을 던졌듯이 스콧에게 던졌다. 그러고는 이불이 멈추다가…… 펼쳐지면서…… 그의 가슴과 무릎 위에 자리를 잡는 광경을 홀린 듯이 바라보았다.

"그걸로 몸을 감싸요."

"분부대로 합죠."

그녀는 스콧이 몸을 감싸는 걸 지켜보았다. 그리고 무릎을 꿇고 앉아 바닥으로 흘러내린 부분을 그의 발밑으로 밀

---

60 두꺼운 이불 외에 위안을 주는 물건이나 사람이라는 뜻도 있다.

어 넣었다. 이번에는 훨씬 더 높이 몸이 떠올랐다. '아이고, 세상에!'가 한 번이 아니라 두 번이었다. 그녀의 무릎이 바닥에서 떨어지며 머리카락이 위로 퍼지는 걸 느낄 수 있었다. 그러고는 끝이었다. 무릎이 다시 쿵 하고 바닥으로 내려왔다. 그가 웃을 수 있는 이유를 더 잘 이해하게 되었다. 디어드리는 대학에서 읽었던 글귀를 떠올렸다. 아마도……
포크너였을 것이다.

중력은 우리를 무덤으로 끌어내리는 닻이다.[61]

스콧에게는 무덤도 없을 것이고, 중력 또한 없을 것이다. 그는 특별히 면제를 받은 것이다.

"아주 편안하네요." 그가 말했다.

"농담하지 말아요, 스콧. 제발요."

디어드리는 휠체어 뒤로 가서 조심스레 튀어나온 핸들에 손을 올렸다. 로프를 감을 필요는 없었다. 그녀의 무게가 그대로 유지되고 있었다. 그녀는 스콧을 밀고 문으로 향했다. 현관을 지나고, 경사로를 내려갔다.

* * *

---

61 실제로는 포크너의 문장이 아니다. 스티븐 킹의 창작으로 보인다.

밤은 땀에 젖은 스콧의 얼굴에 차고 쌀쌀하게 느껴졌다. 하지만 공기는 한 입 베어 문 가을 사과처럼 달큰하고 바삭했다. 머리 위로 반달과 수없이 많은 별들이 보였다.

불가사의하게도 우리가 매일 밟고 다니는 수없이 많은 자갈과 어울린다고 그는 생각했다. 하늘도 불가사의하고 땅도 불가사의하다. 무게, 질량, 실재. 사방에 불가사의가 넘쳐난다.

"울지 말아요." 그가 말했다. "이게 무슨 장례식도 아닌데."

그녀는 스콧을 눈 덮인 잔디 위로 밀었다. 바퀴가 20센티미터 깊이로 빠지더니 꼼짝하지 않았다. 집에서 그리 멀리 나오지는 못했지만 처마에 걸리지 않을 만큼은 충분히 떨어졌다.

'처마에 걸렸다간 완전 김빠졌겠어.'

그는 생각만 해도 웃음이 났다.

"뭐가 그렇게 재미있어요, 스콧?"

"아무것도 아니에요." 그가 말했다. "온갖 것이 그렇죠."

"저기 밑에 도로를 좀 보세요."

스콧은 두툼하게 껴입은 세 사람의 무리를 보았다. 미시, 마이라, 그리고 닥터 밥이 각자 손전등을 들고 있었다.

"못 오게 할 수가 없었어요."

디어드리가 휠체어 앞으로 오더니 한쪽 무릎을 꿇고 앉았다. 스콧의 땀에 젖은 머리와 반짝이는 눈이 보였다.

"노력은 해 봤어요? 사실대로 말해요, 디디."

스콧은 처음으로 그녀를 디디라고 불렀다.

"그게…… 그렇게 열심히 노력은 안 했죠."

그는 미소를 지으며 고개를 끄덕였다.

"말씀 즐거웠어요."

디어드리가 웃음을 터뜨리더니 눈물을 닦아 냈다.

"준비됐어요?"

"네. 버클 좀 풀어 줄래요?"

디어드리는 조끼를 고정해 놓았던 버클 두 개를 휠체어 뒤로 당겨 풀기 시작했다. 스콧의 몸이 단숨에 끈을 밀며 내며 솟아오르려 했다. 끈이 너무 바짝 조여 있는 데다가 1월의 추위에 손가락의 감각이 사라지고 있었기 때문에 디어드리는 고군분투했다. 스콧의 몸을 만질 때마다 눈밭 위로 떠오를 것 같아서 인간 스카이콩콩이 된 느낌이었다. 마침내 그를 붙잡고 있던 마지막 끈이 풀렸다.

"사랑해요, 스콧." 디어드리가 말했다. "우리 모두요."

"저도요." 스콧이 말했다.

"당신 아내에게 대신 키스 좀 전해 줘요."

"두 번 전할게요."

디어드리가 약속했다.

이윽고 끈이 버클에서 빠져나갔고 일은 벌어졌다.

* * *

스콧은 천천히 휠체어 위로 떠올랐다. 발밑에 늘어진 이불자락이 치맛단 같아서 터무니없게도 우산 없는 메리 포핀스[62]가 된 기분이었다. 가볍게 바람이 불었다. 그러자 스콧은 더 빠른 속도로 떠오르기 시작했다. 그는 한 손으로 이불을 잡았다. 스카이라이트를 쥔 나머지 손은 가슴에 품고 있었다. 그를 올려다보는 디어드리의 동그란 얼굴이 점차 작아졌다. 그녀가 손을 흔들었다. 하지만 그는 남는 손이 없어서 미처 그녀에게 손을 흔들어 주지 못했다. 뷰드라이브에 서 있던 다른 사람들도 그 자리에서 손을 흔들었다. 손전등이 모두 그를 향해 비추었다. 스콧의 고도가 높아질수록 손전등 불빛이 한데 모이고 있었다.

---

62 동화 『메리 포핀스(Mary Poppins)』에 등장하는 보모로 마지막에 우산을 타고 하늘로 날아올라 사라져 버린다.

바람이 그를 뒤집으려고 했다. 그는 옆으로 돌면서 얼음판이 덮인 잔디에서 우편함까지의 우스꽝스러운 여정을 떠났던 일을 회상했다. 감았던 이불을 조금 풀어 바람이 오는 방향을 가리자 움직임이 안정되었다. 오래가지 못하겠지만 그건 중요하지 않았다. 이 순간, 스콧은 그저 아래에 있는 친구들을 내려다보고 싶었다. 잔디 위에 놓인 휠체어 곁에 디어드리가 보였다. 다른 사람들은 도로에 있었다. 그는 자신의 침실 창가를 지났다. 켜져 있는 전등 빛이 침대보에 노란 선 하나를 드리우고 있었다. 그의 서랍장 위에 있는 물건들도 보였다. 손목시계, 빗, 접어 놓은 지폐 조금. 다시는 만지지 못할 물건들이었다. 그는 더 높이 올라갔다. 달빛이 너무나 밝아서 지붕에 걸려 있는 어떤 아이의 원반이 눈에 띄었다. 아마도 그와 노라가 집을 사기 전에 지붕으로 넘어간 모양이었다.

'그 애도 이젠 다 컸겠지.'

스콧은 생각했다. 뉴욕에서 글을 쓰나? 샌프란시스코에서 단순 노동을 할까? 파리에서 그림을 그리고 있을까? 불가사의, 불가사의, 불가사의.

스콧은 이제 집에서 나오는 후끈한 열기를 탔다. 상승기류다. 더 빠르게 위로 날아가기 시작했다. 드론이나 저공비

행하는 항공기에서 보듯이 타운 전체가 한눈에 드러났다. 메인가와 캐슬뷰를 따라 실에 꿴 진주 같은 가로등이 이어졌다. 디어드리가 한 달도 더 전에 점등을 한 크리스마스트리도 보였다. 2월 1일까지는 그 자리에서 타운 광장을 지키고 서 있을 것이다. 위에 올라가니 제법 추웠다. 땅 위보다 훨씬 더 추웠지만 괜찮았다. 그는 이불을 놓아주고 떨어지는 모습을 지켜보았다. 펼쳐진 그대로 천천히 내려가는 낙하산처럼 보였다. 무게가 없지는 않지만 거의 없는 것 같았다.

'모두 이 광경을 봐야 하는데.' 그는 생각했다.

어쩌면 결국에는 모두 보게 될 것이다. 아마도 죽을 때가 되면 모두 떠오를 것이다.

그는 스카이라이트를 꺼내 들었다. 그리고 손톱으로 퓨즈를 긁었다. 아무 일도 일어나지 않았다.

'젠장, 불아. 난 마지막 식사도 제대로 못 했단 말이야. 그럼 마지막 소원 정도는 들어줘야 하는 거 아니냐?'

스콧은 다시 한 번 긁어 보았다.

* * *

"이젠 더 이상 안 보여요." 미시가 눈물을 흘리며 말했다. "갔어요. 우리도 이제……."

"잠깐."

디어드리가 말했다. 그녀가 모두를 스콧의 집 앞 진입로 끝으로 불러 모았다.

"뭔데 그래?"

닥터 밥이 물었다.

"기다려 봐요."

네 사람은 칠흑 속을 올려다보며 기다렸다.

"아무것도……."

마이라가 입을 열었다.

"조금만 더요."

디어드리는 생각했다.

'어서, 스콧. 어서. 이제 거의 결승선이야. 이건 당신이 이겨야 할 경기야. 당신이 끊어야 할 테이프라고. 그러니 망치면 안 돼. 사람 숨 막히게 하지 말고, 어서. 덩치 큰 양반아. 솜씨 좀 보여 주시죠.'

눈부신 불꽃이 그들의 머리 위 높은 곳에서 불타올랐다. 빨강과 노랑, 초록의 불꽃이었다. 그리고 잠시 멎더니 곧이어 완벽한 황금빛이 폭발하면서 아른거리는 폭포가 쏟아져 내리고, 내리고 또 내렸다. 영원히 끝날 것 같지 않았다.

디어드리는 미시의 손을 잡았다.

닥터 밥도 마이라의 손을 잡았다.

그들은 마지막 황금빛 불꽃이 사그라지는 모습을 지켜보았다. 다시 밤의 어둠이 깔렸다. 그들 위로 하늘 높이 어딘가에서 스콧 캐리가 계속해서 고도를 올리고 있었다. 그는 얼굴을 별들에게 향한 채, 지표면의 필사적인 손아귀를 벗어나 솟아오르고 있었다.

〈끝〉

옮긴이 | 진서희

좋아하는 일을 제대로 하면서 살고 싶은 번역가. 옮긴 책으로『달콤하게 죽다』,『제인 오스틴이 블로그를 한다면』,『종말일기Z: 암흑의 날』,『남겨둘 시간이 없답니다』,「개를 데리고 다니는 남자」등이 있다.

고도에서

1판 1쇄 펴냄 2019년 11월 18일
1판 3쇄 펴냄 2021년 11월 9일

지은이 | 스티븐 킹
옮긴이 | 진서희
발행인 | 박근섭
편집인 | 김준혁
펴낸곳 | 황금가지

출판등록 | 2009. 10. 8 (제2009-000273호)
주소 | 06027 서울 강남구 도산대로 1길 62 강남출판문화센터 5층
전화 | 영업부 515-2000 **편집부** 3446-8774 **팩시밀리** 515-2007
홈페이지 | www.goldenbough.co.kr

도서 파본 등의 이유로 반송이 필요할 경우에는 구매처에서 교환하시고
출판사 교환이 필요할 경우에는 아래 주소로 반송 사유를 적어 도서와 함께 보내주세요.
06027 서울 강남구 도산대로 1길 62 강남출판문화센터 6층 민음인 마케팅부

한국어판 © ㈜민음인, 2019. Printed in Seoul, Korea

ISBN 979-11-5888-549-6 03840

㈜민음인은 민음사 출판 그룹의 자회사입니다.
황금가지는 ㈜민음인의 픽션 전문 출간 브랜드입니다.